特殊ギフト『亜空間ホテル』で異世界をのんびり探索しよう

Explore another world
at your leisure
with the special gift
"Subspace Hotel"

空
っと

グランの日誌

我らが待ち侘びたオーナーがいらっしゃってからというもの、
オーナーは喫茶店や大浴場を設置なさったりと
ホテルの拡大に尽力して下さいました。
そういえば、商業ギルドで登録の際に早速知人もお作りになったりと、
我がオーナーは友好的な方だと判明したのも懐かしい出来事でございます。
ホテルの存在が木陰の宿のエル様に看破されてしまう事もございましたが、
おかげで来館者数も増え、シューズボックス・休憩所・自動販売機等、
当ホテルの設備がより向上したことは喜びでございました。
喜びといえば、オーナーの身の安全が一流冒険者パーティである
クライム、テラ、セイロンの皆様と専属護衛契約を結んだことにより一層強固になりました。
それに伴い、カプセルホテルタイプの寝室・ドリンクコーナー・グランデコンビニエンスストア・
会議室と更にホテルの設備が増強された事も喜ばしい出来事でございました。
さてさて、今回の我がホテルの発展はいかなるものでございましょう？
楽しみながら見守る事に致しましょうか。

亜空間ホテル組織図

佐藤俊哉（主人公）
亜空間ホテルオーナー

- **サポートAI**
  - **グラン**（ホテル総合管理AI）
  - **エア**（オーナーサポートAIタブレット型）
  - **キイ**（喫茶店AI）
  - **ビニー**（コンビニエンスストアAI）
  - **ファイ**（会議室AI）
- **スタッフ**
  - **サーシャ**（総合受付見習い）
  - **ミック**（喫茶店見習い）
  - **ライ**（歓迎手伝い）
  - **リル**（歓迎手伝い）
  - **ジーク**（コンビニスタッフ）
  - **ドイル**（コンビニスタッフ）
- **専属護衛**
  - **Aランク冒険者パーティー クライム**
    レイナ・ティア・ザック・ガレム
  - **Aランク冒険者パーティー テラ**
    ボルク・グレッグ・スレイン・ジェイク
  - **Bランク冒険者パーティー セイロン**
    ゼノ・ハック・ヒース・ケニー

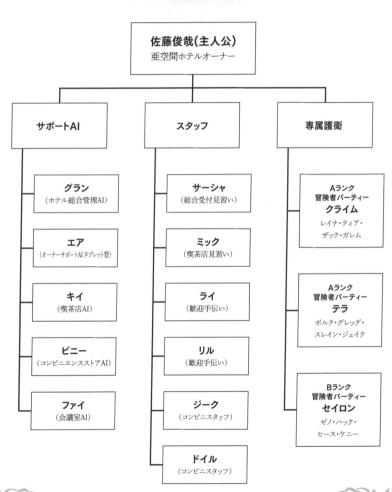

Explore another world at your leisure with the special gift "Subspace Hotel"

1章 サムさん登場です

ジリリリンジリリリンジリリリンジ……ピッ。

「……はい、もしもし？」

『お！　トシヤか？　お前まだ寝てたのか？　そろそろ起きた方が良いぞ。アイツの事だから来るのは早《はえ》えぞ』

「ええと……その声は親父さん？　親父さんは今どこに？」

『俺か？　休憩所にいるぞ。いやぁ、コレ面白くてなぁ。すっかりハマっちまった』

いや、それは良いですけど……携帯の時刻は6時10分となってますけど……早くないですか？　いくらなんでも。

ぼー……っとした頭で親父さんからの電話に出ていましたが、一瞬カクッとしたはずみでプツッと電話を切ってしまった僕。これはまた寝なさいって事ですよね……。

ジリリリンジリリリンジリリリン……

「だー！　起きます、起きますよ！」

ピッ。

『トシヤか？　レイナだ。今日はギルド長がくる日だろう？　護衛メンバー全員ホテルに待機する事になったからな。早く起きて来いよ』プツッ。

……それ電話で伝える事ですかねぇ。しかも返事をする暇もありませんでした。まぁ、みんな使えるようになったって事ですかね。

ん？　古い着信音ですって？　良いものは時代を超えるんですよ。ってくだらない事言ってないで着替えましょうか。

そうそうオーナールーム、ビジネスホテルＢタイプにグレードアップしたんです。ベッドが２つになって勿体ないと思いますでしょ？

「ライ君、リルちゃん。起きれますか？」

「ん～……」

「うん。リルおきたよ」

まだ眠そうなライ君。目を擦りながら起きてきます。リルちゃんは朝から元気にぴょんっとベッドから降りて、「おはよう！　トシヤおにいちゃん！」と可愛い笑顔で抱きついてきます。

いやぁ、朝から顔が緩みっぱなしです。可愛いものは可愛いですからね。

実は最近ライ君リルちゃんもちゃんとねれるよって言っていたので部屋を与えていたんですけど、

やっぱりミック君サーシャさんのところに戻るのが続いていたんです。それでも寝る時は2人手を繋いで自分達の部屋に戻るんですけどね。

一昨日あたりから夜になると僕の部屋に来るようになったんです。空いてるベッドに2人一緒に寝かせてみたら、そのまま朝まで寝てたらしいんですよ。どうやらビジネスツインルームの距離感がいいようです。ビジネスツインルームってベッドとベッドの間に簡易バスルームがあるんですよ。1部屋だけど2部屋感覚っていうんでしょうかね。

それで昨日は初めから僕の部屋に寝ていた2人。ぐっすりだったみたいです。良かった良かった。

その後ライ君も起きて、元気にエアにご挨拶。僕は準備しながら2人の準備も手伝います。といっても、2人共ほぼ自分でやってますけどね。

準備が出来てオーナールームをみんなで後にして、ライ君リルちゃんはグランに元気に挨拶。僕も挨拶を交わし、休憩所に行くとワイワイ賑わっています。

あ、みんなもう起きていたんですね。というか寝てましたかね？

テラのスレインさん、ザックさん、セイロンのリーダーゼノさん、大きい身体丸めて携帯をいじっています。何してるんでしょう？

「良し！　3階層ボスクリア！」

「は？　ザック早くないか？」

「まて、お前ら今何処にいる？　俺迷ってんだけど」

これは携帯ゲームを見つけましたね。無料が結構ありますから、世界感も似ているRPGですかね、やっているの。ん？　コッチからは音楽が聞こえてきます。

マッサージチェアに座ってセイロンのヒースさん、テラのボルクさんが目を閉じて曲を楽しんでいます。これクラシックですよね。ダウンロードしたんですか？　え？　お気に入りまで作ってこれはヒースさんのおススメですか？　凄いですねぇ。

「ちょっとティアさんそれ盛りすぎ！」

「ええ〜、良いじゃない遊びなんだから」

「原形留めてないよ？」

「あらケニー、あなたも目がパッチリしすぎよぉ」

あ〜、これは写真加工アプリで遊んでますね。え！　ちょっとティアさん、詐欺ですよそれじゃ！　いやSNSに載せるわけじゃないですから良いですけどね。ケニーさんも元々可愛いのに目が大きくなってます。んー、僕的には違和感ですねぇ。

そしてなんか難しい顔をして雑誌を囲んでいるガレムさん、テラのジェイクさん、親父さんの面々。何見てるんでしょう？　え？　『厳選！　日本酒名鑑』!?　こんな雑誌どこにありました？って言うか読めるんですか？　……あっ、コッチの言語になっているんですか。コンビニ雑誌って凄いですねぇ。で、なんで難しい顔を？

「ビニーによると、どうやら注文出来るらしいのだが……」

なんでガレムさん言葉濁しているんです？

「ああ、一度に注文しても面白くないから1本ずつ注文しようって事でな。だがそうなると選ぶのに意見が分かれてな」

　補足してくれたジェイクさんも一歩も引かない雰囲気ですしねぇ。

「そこに俺も参加したんだが、悩むなら本数増やせって言ったんだが、この2人にこんこんと何故1本にこだわるかと説明受けてなぁ。成る程と思って、俺の選んだものも言ってみたらこの状態だ。ならば納得いくまで話し合おうって事になってな、その最中だ」

　親父さん……そこは逆に譲歩しましょうよ。というか酒飲みは好きにやって下さい。ここは放っておきましょう。

　あ、ライ君リルちゃんはミック君のところにいますね。セイロンのハックさんとテラのグレッグさんとキイと楽しそうに会話しています。ハックさん、グレッグさんも子供好きですよねぇ。うんうん、良い光景です。

「お！　トシヤ起きたか？」

　後ろからレイナさんが声をかけてきました。

「おはようございます、レイナさん。あれ？　どこに居たんですか？」

「商業ギルド長来そうだなと思って、木陰の宿の食堂にいた。サーシャも一緒だ。でな、やっぱり来たぞ。今サーシャが中の説明をしているところだ」

　うわぁ、サーシャさん凄い頑張ってくれてますね！　レイナさんもわざわざありがとうございます。

「ありがとうございます、レイナさん。でもこういう時こそ携帯使っても良いんですよ？」

「アレ先に見せるとトシヤの段取りが崩れるかと思ってな」

ニッと笑いながら「まず行くぞ」っと僕の肩を叩いて玄関に歩き出すレイナさん。流石《さすが》リーダー、考えてくれていますねぇ。サラッとこういう気遣いができるから素晴らしい。僕も見習わなくては。

ホテルの正面玄関を出ると、サーシャさんが2人の男女に説明をしている最中でした。アレ？レノさんではないですか？　商業ギルド受付の。

「あれ？　レノさん？」

僕の声に気づきにっこり微笑むレノさん。相変わらずお綺麗ですね。そしてお連れの方もまた綺麗な男性です。もしかしてエルフの男性でしょうか？

「あ、トシヤお兄ちゃん。紹介します。こちらがセクト支部の商業ギルド長のサムさんと受付のレノさんです。ギルド長、こちらが亜空間グランデホテルオーナーのトシヤお兄ちゃんです。レノさんは知ってますよね？」

「ええ勿論。あまり目にしない上等なタオルを持ち込みして下さったもの」

レノさんも覚えていて下さったのは嬉しいですね。

「そうか！　君がトシヤ君だね。僕はサム。商業ギルド長って役職だけど気楽に接してくれると嬉しいな」

レノさんの言葉で思い出してくれたのか笑顔で手を差し出してくるギルド長サムさん。

「これは失礼しました。トシヤと申します。失礼ですがお若いですね、驚きました」

僕の言葉にブハッと笑い出すレイナさんに苦笑するレノさん。サーシャさんがその意味を教えて

くれます。

「トシヤお兄ちゃん！　サムじぃはこれで２００歳……」

「ああ～、駄目だよバラしちゃ。折角若く見てくれたのにぃ！」

「ギルド長、気持ち悪いですよ」

サーシャさんの口を押さえるギルド長サムさん。そんなサムさんに冷静にツッコミを入れるレノさん。いや、レノさんのツッコミもだけど、サムさん２００歳？　こちらのエルフさんは長寿設定でしたか！

「レノ、相変わらず僕に厳しいよね。君だって年齢が……いえなんでもありません。まぁ、という事だからねっ。サーシャちゃんは勿論、ゼンや冒険者ギルド長のブライトやブルームも赤ちゃんの時から知ってる仲だから安心してね」

ん？　誰ですか？　ブルームって？

「あ、トシヤお兄ちゃん、ブルームって親父さんの名前だよ」

なんと！　僕、初めて知りましたよサーシャさん！　しかし親父さんでインプットしてますから、また本名忘れそうですねぇ。

「で、僕らは入る許可は貰えそうかな？」

「あ、勿論です！　じゃあ、入館登録をしますね」

サムさんとレノさんをずっと立たせていましたからね。これはいけません！　エアに名前と年齢と魔力登録をしてもらって２人をホテルへと案内します。扉がいきなり見えて流石の２人も驚いたみたいですね。

　2人が正面扉をくぐりキョロキョロ珍しそうに見ている中、僕とサーシャさんが声を合わせて歓迎します。

「『ようこそ亜空間グランデホテルへ』」

　さあ、サムさんレノさんを歓待しましょう！

　……しかし2人共結構なお歳なんですねぇ。だから朝早く来るの皆さんわかってたんですね。勿論正式な年齢は言いませんよ！　だから安心して下さいね、レノさん！


　ところ変わって大浴場にて……

「おい！　ゼノ！　コッチに湯かかって来たぞ！　勢い弱めろ！」

「お？　これが良いんじゃねえか」

「あー、俺サウナ入ってくるわ」

「ウィーッス」

「うおっ！　ヒースお前真っ赤だぞ！　サウナから1回出ろ！」

　賑やかですよねぇ。

　現在、大浴場洗い場にてテラのグレッグさんが髪を洗っている最中にゼノさんにお湯をかけられて注意してます。ゼノさんはお構い無しに隣で身体にシャワーを浴びせていますねぇ。

その様子を見て巻き込まれないようにテラのリーダーボルクさんはサウナへ避難。ザックさんが返事をしています。そして一足先にサウナの扉を開けたセイロンのハックさんが、ヒースさんが真っ赤に成る程我慢していたのを見て、水風呂に連れて行くところです。

皆さん、一応護衛で一緒に行動してくれているのは有り難いですけど、ほぼ自由に動いています。まぁ、亜空間内ですから危険はないんですけどね。

僕はといえば、サムさんと大浴槽でゆったりお湯に浸かっているところです。

「いや〜、良い湯だね〜」

「朝風呂最高ですよねぇ。しかもゆっくり入れるこの贅沢」

「トシヤ君！　君わかってるね。時間に縛られない事こそが、最高の贅沢だって事を！」

「いや、コレお祖父さんが良く言ってたんで、受け売りですよ」

多分、普段忙しい人ほどそう感じるんですよね。まぁ、サムさんももれなく忙しい人の枠に入るそうで、こんなにゆっくりするのは久しぶりだそうです。凄くご機嫌で、この後全種類のお風呂を試してたんですよ。

僕は付き合いきれないので早めに脱衣場に退散です。

え？　いつも通りの案内はどうしたかって？　ちゃーんとサーシャさん、グラン、ミック君、キイがやってくれて、今ここですよ。

レノさんはサーシャさん、レイナさん、ケニーさんがお相手をしてくれています。あ、脱衣場にも自販機設置しても良いですね！　あとダストボックスも。

「エア、男女脱衣場にジュースの自販機の設置とダストボックスの設置頼めますか？」

『畏まりました。【館内設備】より自動販売機（販売物のみ外界に持ち出し可能）ジュース、コーヒー専用機、万能ダストボックスを、ＭＰ1万4000消費させて頂き設置致します。また、2階会議室が加わった事により、《亜空間グランデホテル設定》【室内清掃】毎朝1回のＭＰが2000に上がりました』

「わかりました、ありがとうございます、エア」

あ、ダストボックスは結構前にグランの【館内設備】に入っていて、館内各所に既に配置してますよ。

そして設置された自販機には、勿論コーヒー牛乳が入っていましたが、なんとフルーツ牛乳まで登場してました！　これは子供達が喜びますよ！　早速買いましょう。

僕にとっては懐かしのフルーツ牛乳を飲んでいると、ガヤガヤと楽しそうな声が近づいてきます。

「いや～気持ち良かったぁ！　こんなにサッパリするのは久しぶりだよ！」

満面の笑みで上がってきたサムさん。その後に続いていつもの面々も上がって来ましたね。

「良いよなぁ、朝風呂」

「グレッグ良く入っているからな」

「この風呂だからだろ」

風呂好きなグレッグさんはハックさんを揶揄《からか》います。そこにツッコミを入れるゼノさん。

ヒースさん、ボルクさんはさっさと着替えに入り、ザックさんは僕の飲んでいるフルーツ牛乳を早速見つけて「コレもイケる！」と裸で飲んでいます。いや、服着て下さいよ。

その後はレノさん達とも合流し（女性陣は僕らよりかなり時間かかってました）コンビニ視察に入ります。ビニーとジーク君ドイル君から『「いらっしゃいませ！　おはようございます！」』という元気な声に迎えられたのは良いのですが……

「なぁ、トシヤ。ギルド長とレノさん、あれから進んだか？」

「ええと、1メートルは進みましたかねぇ……」

ゼノさんが質問してくるぐらい動きません。そして延々と聞こえるスマート端末の商品説明。1つ1つ吟味している様子で、コレはいつ全部見終わるのかわかりませんねぇ。

という事で僕らはイートインコーナーで待つことに。ザックさんとゼノさんは携帯ゲームで暇潰し、ヒースさんとボルクさんはコンビニで買った雑誌を読んでいます。ヒースさんは『名曲の調べ―その背景―』、ボルクさんは『魔物徹底解剖』を読んでいるんですが……誰書いたんです？　そんなの。コンビニの不思議が増えましたねぇ。

そして僕は超有名な週刊少年誌を読み、別の種類の超有名な週刊少年誌を買ったハックさんと回し読みをしているところです。コレ他のメンバーも見たがってましたからね。

面白いんですよ。このコンビニが出来てから出た少年誌は、全部の作品が1話からになってたんです。なので展開を知っているものもあるので、メンバーのみんながこの先の展開を予想している場面に居合わせた時は面白いったら。最近の僕の楽しみですね。

かなりの時間待っていたと思いますが、その間コンビニ商品を買って摘《つま》んだり飲んだりしていたんですよ。おかげでお昼すぎてもお腹も空かず、結構あっと言う間にすぎました。先に音を上げたのは……

「駄目だね、この店面白すぎて1日じゃ終わらないよ」

「全く以《もっ》て同感です。まずは施設を全部見た後にしたいと思います」

意外にもサムさんとレノさん。

「ちょっと待て！　良いところなんだ！」

「やべえ、死ぬ！」

そして最後まで動こうとしなかったのはゼノさんとザックさん。ちゃんと護衛して下さいよ。まぁ、面白いのはわかりますがね。

それからサムさんレノさんを、本命の2階会議室へご案内します。エスカレーターで感動し、会議室に入ると空調や設備に興味を示しているようです。

ここからは全員に聞いてもらいたいので、館内にいる全員をグランに頼んで呼んでもらいます。因みにキャシーさん、クレアさんも一般参加として来てもらいました。

護衛メンバーに頼んで長テーブルを隅に寄せて、他の部屋からも椅子を持って来て全員に座ってもらいます。テーブルを片付けると僕を含めて25人でも余裕で入りました。

僕は司会者席に着き、みんなに向かって声をかけます。因みにファイの【備品発注】にワイヤレスヘッドマイクもあったのでおろしましたよ。

「さて、皆さんお集まり頂きありがとうございます。本日はサムさんとレノさんにこの施設の紹介と提案をさせて頂く予定でしたが、皆さんにも把握して頂きたいので集まって頂きました」

「俺らにもわかるように言えよ～」

「出来るだけ長くするなよ」

「俺苦手なんだよ、こんな真面目な雰囲気」

「私達も良いのかしら？」

畏まった僕の言葉にヤジやら不安の声やら聞こえて来ます。

「え～コホン！　基本的に参加型の話し合いにしたいと思っています。1つだけルールを作らせて下さい。意見がある時は手を挙げて下さいね。じゃないとまとまらなくなるので。ここまでは良いでしょうか？　……うん、それでは始めましょう。ファイ、この館内の紹介VTRを流して下さい」

ファイに昨日頼んでいた館内紹介VTR、正面の大型モニターに流れます。グランやキイやビニー、ファイの声で各施設の紹介が行われます。綺麗なアングルや興味を惹かせる出来は流石ファイですね。そして3分程の館内紹介が終わります。

「いかがでしたか？　コレが現時点での亜空間グランデホテルの全容です。ご存じのようにこのホテルはまだまだ成長していきます。そして僕はこのホテルを多くの人に楽しんで頂きたい、と考えています。皆さんは、実際にここに住んでいる人、もしくは毎日来ている人達です。だからこそこのホテルに思い入れも希望もあるでしょう。そこで、なんでも良いです。皆さんのご意見を僕に伝えて下さいますか?」

少し間を空けてから、パラパラと手が挙がって来ます。

「まずはサーシャさん、どうぞ」

「あのね、トシヤお兄ちゃん。やっぱり私の他にもスタッフが欲しいの。私まだ子供だし、多くの人の対応するなら大人の人が欲しい」

「あ！　僕も一緒！」

サーシャさんの意見にミック君も同意しています。やっぱり人手不足は否めませんからねぇ。お！

キャシーさんが手を挙げていますねぇ。

「はいキャシーさん」

「私はこのホテルに住んでまだ日が浅いですが、落ち着いたこの雰囲気が凄く好きなんです。多分多くの人に知られるとここは繁盛するでしょう。でもこの落ち着いた雰囲気がなくなるのはちょっと嫌だなぁって思って」

成る程。コレはお客様の視点からの貴重な意見ですねぇ。

「サーシャさんもミック君もキャシーさんもありがとうございます。こういう意見が欲しかったたんです。でもまだ気づいている事ってあるんじゃないですか？」

僕の意見にジーク君が手を挙げます。

「はい、ジーク君」

「僕は入館者登録もどうにかならないか、と考えます。多くの人にトシヤさんだけが対応しなければいけないのは大変だと思います」

その辺は確かにそうですねぇ。と思っていたら僕のパソコン画面に『対策はあります』とファイからメールが。成る程、次の「原因解明」「解決案」の時に教えてもらいましょう。

「ジーク君ありがとうございます。その点は後ほど考慮しますのでお待ち下さいね」

お、レイナさんが手を挙げていますね。

「はい、レイナさん」

「私らの知り合いの冒険者も利用させたいが、そうなると一般のお客さんが怖がると思うんだがどうだ？」

冒険者サイドから来ましたね。確かに冒険者集まると圧があるんですよねぇ。お？　ドイル君も手を挙げてます。

「はい、ドイル君」

「レイナさんと近いんだが、商人にも階級があるし、今後貴族も利用するとしたら今のままでは衝突すると思う」

うん、その点は出ると思っていたんですよね。

「レイナさんもドイル君もありがとうございます。そこもまた後ほど提案がありますからお待ち下さいね」

お、休憩に来てたリーヤも手を挙げているじゃないですか。

「はい、リーヤ」

「ここを利用したら、他の食堂や宿との差が歴然になる。ウチは良いが、他の宿はまずいんじゃないか？」

流石宿屋。宿屋同士での付き合いもあるって言ってましたしね。関係を壊すわけにはいきません。

「うん、リーヤもありがとう。あ、サムさんどうぞ」

「トシヤ君、面白いねぇ。こうやって意見を聞きながら僕らに伝えようとしている事が段々とわかって来たよ。ゼンから商業ギルドに協力を頼む、と言われていたんだが、僕の一存で動かせないのも組織なんだ。……君はそれをわかっていてこの形で提示して来た。という事は僕らを巻き込む為に君には案があるんだよね。まずはそれを聞きたい。みんなも多分それを聞きたがっているだろうからね」

流石商業ギルド長。僕が言う前に気づいてくれました。

では皆さんに僕の案を聞いてもらいましょうか。

「僕のメインの考えはコレです」

正面の大型モニターに映し出してもらったのは『街と共に歩む上質な時間』という文字です。

「皆さんもご存じのように僕はのんびりが好きです。人も好きですし、便利な暮らしが好きという我儘者です。その我儘を通す為に僕が提案するのはこの3つ」

また正面モニターの画面に映し出してもらったのは……

1・会員制
2・分散型ホテルの設置
3・各宿の特色強化&ポイント制

「この3つの中で一番わからないのはなんですか？　はい、ボルクさん」

と難しい顔をしていたボルクさんを指名します。

「え？　俺か？　……会員制はわかるが分散型ホテルって何のことだ？」

確かにわかりづらいですよねぇ。あ、ライ君リルちゃん眠そうです。うんうん、君達には時間をかけて伝えますからね。

「2番の分散型ホテルですね。それを理解する為に、今度はサムさん答えてくれますか？　この街に空き家、空室、空き店舗、住んで居ない邸宅はありますか？」

「それは勿論あるけど……更に宿屋を追い詰める気かい？」

「いいえ、鍵は『街と共に歩む』ですよ。では全く知らない街に行って困る事はなんですか？　はい、冒険者代表ゼノさん」

ゼノさん、欠伸《あくび》をしてましたからね。多分自分には関係ないとでも思っていたんでしょう。

「うぇ！　俺ぇ？　……えーと、どこに泊まるかって事じゃねぇの」

「選ぶ基準は？」

「ウチは安さとメシの旨さだな」

うん、ゼノさんらしいですねぇ。でも一般的な答えでしょう。

「じゃ、ちょっと考えて下さい。綺麗な泊まるだけの貸切宿に美味しい食事所が何軒もある場合と、普通の食事が出来る普通のお宿の場合。宿泊の値段一緒であれば、ゼノさんはどちらを選びますか？」

「ま〜、懐具合にもよるが、美味いメシ食える方を選ぶだろうな。宿屋はただでさえ壁が薄くてうるせえし、貸切宿なら気をつかわなくて良いしな」

お、上手い具合に乗ってくれました。すると黙って聞いていたレノさんが、ここで声を出します。

「これが上手く運べば近隣の料理店、屋台が潤いますね。ではより3番が気になってきます。宿屋はどうするんですか？」

うん、商業ギルドサイドが関心を持ってくれましたね。

「その前に僕の持っている情報を公開しましょう」


【館内設備】
・調理場［調理道具、器具、食器、空調、防音、防臭設備完備］ＭＰ7万ＮＥＷ！
・ミニ映画館［大型モニター、座席完備、空調、防音、防臭設備完備］ＭＰ6万5000

ＮＥＷ！
・多目的作業場［長テーブル、椅子、空調、防音、防臭設備完備］ＭＰ1万5000
ＮＥＷ！
・大型男女別トイレ［パウダールーム、洗面所、個室20、空調、防音、防臭設備完備　ＭＰ3万ＮＥＷ！

【お土産コーナー】0／1万（魔石）
亜空間グランデホテル厳選のお菓子、酒、アメニティ、お茶、コーヒー、パジャマ、ガウン、リネンなどを販売するコーナー。魔石1万個で取得可能。

「これは増設出来る設備です。僕は調理場を優先して設置したいと考えています。しかもこれで何ができるか？　キイに答えてもらいます」

『喫茶店担当ＡＩキイと申します。この設備が出来ましたら料理教室を担当する予定でございます。受講生予定は宿屋の皆さま。各宿の特色となる料理をご教授致します』

やはりこれに一番に反応したのはリーヤです。

「キイさんと一緒に実践できるのか！　というか今まで話していたのが実現出来るのか！」

興奮気味に反応していますが、ちょうど良いのでここはリーヤに語ってもらいましょう。

「リーヤ、キイと何を話したのか教えてもらっても良いですか？」

「勿論だ！　俺達は木陰の宿だけじゃなく、他の宿屋の食堂でも出来る料理についてずっと考えて来た。１店舗１店舗違う味を出す店についてだ。それにこれを話している時、どんなにここに調理場が有ればと思った事か！　それが出来てキイさんの助けがあって、みんなが乗ってくれれば！この街は美食の街になるぞ！」

　リーヤの熱意のこもった言葉に反応したのは冒険者サイド。

「良いねぇ、食べ歩きが出来る街か」

「日によって食べる物と場所が変わるのも気分が変わっていいだろうな」

「どこ入ってもハズレがないってスゲぇよ！」

「甘いものの店も当然出来るんだろうな」

　皆さんかなりの好印象です。美味しい匂いに囲まれて散策って楽しいですからねぇ。

「はい、そこで役立つのがポイント制です。例えばお店で食事をすると１回ハンコを押すとしましょう。この街のどの店で食べても50回ハンコを貯めると１回の食事が半額。１００回貯めると亜空間グランデホテル１日入浴無料券を渡すサービスを始めたとします」

　僕が語ると同時に正面モニターでは、ハンコを押して貯まっていく様子とそれが半額や入浴券にかわるイラスト画像が流れています。あ、これも勿論ファイ制作です。

「そして５００回で１日宿泊無料券。１０００回で１週間会員に登録。以後１０００回毎に１ヶ月会員、年間会員と登録していく事で地域の宿も潤い僕の希望もかなうだろうと考えました」

　僕の考えがなんとなくわかったみんなは、そうなればいいなと好意的。そこでヒースさんが手を挙げます。

「食堂については良いが、肝心の宿泊の方はどうなんだ？　そのままにするつもりはないだろう？」

ヒースさん、良いタイミングですね！

「そこでお土産コーナーです。エア、魔石を消費してお土産コーナーを設置して下さい」

『畏まりました。お土産コーナーを設置致します』

エアの言葉の後、正面モニターに映し出された1階フロント。フロント右側に出来たのは、かなり大きめで洗練された作りのお土産コーナー。

「これは実際にみんなで見に行きませんか？」

僕の言葉に歓声を上げる冒険者組。

「よっしゃ！」

「ガレム酒が増えたんだろ？」

「ああ、あるかもしれん。例の酒が」

「また面白いの増えたね」

一方眠ってしまったうちの可愛い従業員4人を優しく運ぶ冒険者パーティの子供好きの皆さん。リーヤがメンバーに「助かる」とお礼を言ってますね。みんな優しいですからねぇ。

子供達は休憩所のリクライニングチェアに毛布をかけて眠らせておきましょうか。可愛い寝顔に癒されながらも、やはり新しく出来た施設は楽しみです。さてさて、お土産コーナーを見に行きましょうかね！

「こ……これだ！　幻の『星龍』！　生産が少なく手に入りづらいと言われる逸品！」

「見ろ！　ガレム！　次世代の酒、『武今』まであるぞ！　品評会を総なめにし、華やかで果実のようなジューシーさが味わえるという……」

「待て！『飛慈喜』があるぞ！　フレッシュな味わいで無濾過生原酒の先駆けを作った味が楽しめるのか！」

ガレムさん、ジェイクさん、親父さん……どんだけ『厳選！　日本酒名鑑』熟読しているんですか……？　僕にはサッパリわかりません。幻の酒と呼ばれるものらしいですけどね。

いや、わからないと言えばこちらもですねぇ。

「ケニー！　このオールインワンジェルって雑誌についていたものでしょう？」

「キャー！　ティアさん見て！　超有名メーカーの化粧品が一式揃ってる！　こんなに種類があったのね！」

「あらキャシーその色素敵」

「クレアさんのそのマニキュアって限定品じゃ……!?」

こちらもコンビニで有名女性誌を買って読んでいる方々ですから、僕の知らない単語も飛び交っています。ティアさんも女性誌の愛読者だったんですねぇ。最近肌艶が良いですしね。でも誰得でしょう……いえ、人の好みを非難するのはいけませんね。放っておきましょう。

「すっげぇ、このタオルふかふかじゃね？」

「このバスローブも着心地良さそうだな、俺欲しいかも」

「スレインにはもったいねえよ、どうせ裸で寝るんだからな」

「だからこそ肌触りがいいのが欲しいんだって」

いや、スレインさんの寝る時の状況を知りたいわけじゃなかったんですけど……

リネン、バスローブ、タオルケット、薄がけ毛布が売られているコーナーで騒いでいるのはグレッグさん、スレインさん、ハックさん。気持ちいい睡眠には欠かせないものですからねぇ。わかります。

「これは味見は出来ないのか……？」

「へえ！　厳選ウィンナーとベーコンか！　これ野営にいいな」

「うわ、生ハムってこんなデケエ塊だったのか？」

「なんだ？　フカヒレって？」

こちらはグランデホテル厳選食品コーナーにいるレイナさん、ボルクさん、ゼノさんとザックさん。生ハムまさかの塊ですね！　1個丸々売るとは凄い！　あ、ちゃんと生ハムナイフがセットになってます。やってみたいものですねぇ。

あらら、レイナさんはお菓子の見本を見て涎垂《よだれ》れて来そうな顔してます。いやいや、折角の美人さんなんですから、隠しましょうよ、レイナさん。あ、フカヒレってまだ食べた事ないでしょうかね。そのうちビュッフェを設置したら出てくると思いますよ、ザックさん。

そして商人の2人、ジーク君ドイル君はスマート端末で調べまくっています。ここにもスマート端末あったんですね。流石目敏いなぁ。

　みんなの様子を見ている僕に「トシヤ君」と声をかけてサムさんとレノさんが近づいて来ます。

「なぁ、トシヤ君。君の口からしっかりと答えを聞かせてくれないか？」

「はい。僕は街の協力店舗のみに格安でこれらの商品を卸し、ここに似た雰囲気の部屋を宿屋に作ってもらおうとも思っています。グレードアップの部屋を用意して街で実体験してもらう事で、このホテルに対する認知度を上げつつ、宿屋も得をする方法を作り上げたいのです」

「そうか。でもそれをやるには足りない物が多くないかい？」

「はい、ですからまずは商業ギルドに介入をお願いしたいのです。人材の紹介役、街とホテルとの連携役、上げればまだまだ切りがありません。ですから穴だらけの僕に、出来たら助言と経営の助けをお願い出来たらと考えています」

「こちらのメリットは？」

　レノさんが聞いてきます。

「地域の活性化によるギルド収入の増加、ギルド社員の福利厚生の一環としての利用、また将来的には［出張扉］による安全な運搬の確保を考えています」

　僕の答えに考え込むレノさん。ついでサムさんが質問してきます。

「冒険者と商人、貴族の宿泊の兼ね合いはどう考えているんだい？」

「実は次のバージョンアップのホテルがシティホテルと言って、更に上質な空間を演出するホテルなんです。その部屋を高ランク冒険者や高ランク商人、貴族用に分けようと考えています。正直設置しないと詳細はわからないですが」

「入館者登録については？」

「これについてはファイに説明を頼みます」

『はい。入館者登録に関してはオーナーが皆さんに渡した携帯電話、タブレットPC端末からも行えるように設定できます』

「携帯？　タブレットPC端末？」

そういえばサムさんレノさんにはまだ見せてなかったですね。すかさずエアが［トランクルーム］から携帯を出し、商品説明と一連の動作説明を行います。

「凄いじゃないか！　遠くにいても連絡できるなんて！」

「それにこの中に入っている機能は商業ギルドでは必須になりますよ！」

理解の早い２人は興奮しています。

「商業ギルドがご協力頂けるので有れば、数台貸し出す予定でいますよ」

「本当かい！」

「ギルド長！　これは凄い事ですよ！」

冷静だったサムさん、レノさんがやっと感情を出してくれました。ここが正念場！

「では協力が確定した暁には、モバイルルーター10台、タブレットPC端末10台、携帯10台お付けしましょう。それも無料講習付きで。どうでしょうか？　前向きに検討して頂けそうですか？」

僕の提案に今度はすぐさま答える２人。

「これは魅力的だね！　僕の一存では言えないけど頑張ってみるよ！」

「ギルド長早速帰って対策を練りましょう！」

「そうだね！　僕らはこれで失礼するよ！　結果が出るまで時間かかると思うけど待っててね！

あ、コレ借りて行くよ」

サムさんが慌てて正面扉に向かい、その後を追うレノさん。ちゃっかりモバイルルーターも借りて行きましたよ。使い方は……なんかすぐに扱えそうですねぇ、あの２人なら。

サムさんとレノさんの後ろ姿にやっと肩の荷が１つおりた僕でした。

そんな僕の後ろからは賑やかな声が。

「ああ！　これは『喜樂』！」

「待て！　『鍋縞』もあるぞ！」

「『七殿』じゃねぇか！」

……酒好きはとどまる事を知りませんねぇ。


お酒好きが大興奮したお土産コーナーを設置してから一夜明けて、喫茶店で食事中の僕。

このグランデホテルも設備が良くなって来ました。商業ギルドセクト支部全体の結論を待つ間に、他の宿屋さんの情報収集やら、館内設備の増強やらいっぱいやる事がありますねぇ……

ってそんなに真面目な事を続けてやるのは、僕の性格じゃあり得ません。それで、ぼー……と過ごす１日が欲しいので、今日は朝から喫茶店に来ています。でも僕はハッと気づいてしまいました。

こんな時にふさわしい施設があるじゃありませんか！

「ねぇ、ミックちゃん。さっきからトシヤの顔が面白い事になっているんだけど、いつもああだったかしら？」

「トシヤ兄ちゃん、たまにああなってるよ」

「おへやでね、ぼくたちみてるときのかおだよ？」

「いつものことなの」

ティアさんがカウンターに座ってどうやら僕を観察しているみたいですね。面白い顔って失礼ですよ、僕は糸目なだけです。……何気にミック君とライ君リルちゃんの言葉が刺さるのですが、今の僕には些細な事です。

あ、因みに今日の僕の護衛はクライムです。今日はテラとセイロンが依頼を受けに行ってます。そういえば、僕も一応冒険者でもあるんですよねぇ。そろそろ活動しないといけませんかね。まぁ、それはおいおい行動しましょうか。

そしてクライムの他のメンバーといえば、ザックさんはここぞとばかりに惰眠を貪り、レイナさんは朝風呂。ガレムさんは『続・厳選！　日本酒名鑑』の発売日だそうで、コンビニに行ってます。続編あるんですね、あの本。

ならば今こそみんなを驚かす絶好の機会！

エア！　さぁ、今こそアレを設置しましょう！

『畏まりました。限定オプション店漫画喫茶〈喫茶店に併設〉を消費させて頂き設置致します』

喫茶店内がパアアっと明るくなりそれぞれ反応する４人の声が聞こえてきます。

「またやるの〜？」

「かわるの〜？」

意外にもライ君リルちゃん落ち着いていています。大物になりますよ、この子達。

しばらくすると光が落ち着いて、目に飛び込んできたのは全く違う形の喫茶店店内。これ、カウンターから調理場が見えるファミレスみたいな作りに変わっています。木目調の温かい雰囲気のカウンター席は12席、その天井近くの壁には筆記体でＧＲＥＥＮ　ＧＡＲＤＥＮという文字が。

多分この世界の人にはコッチの言語に見えているんでしょう。カウンターに座っていたティアさんは「緑の庭？」と言っています。

一方、明るいレンガ調の壁で広めの厨房に変化したカウンター内ではミック君が「えええ!!」と驚いています。厨房と言っても壁際にあった食器の種類が増え、薄型長方形の黒い天板石がある作業台が２台ある感じです。アレ？　キイはどこに行ったのでしょう？

『ようこそ亜空間グランデホテル「ＧＲＥＥＮ　ＧＡＲＤＥＮ」へ！』

客席側に設置された大型モニターからキイの声がします。しかもキイがＣＧ映像化されています。髪の長い綺麗なエルフ女性だったんですねぇ。

因みに店内客席は、４人用テーブルが６席、木の温もりが温かいデザイン椅子が24脚、ガラスの壁にそってＬ字型に設置されています。僕はいつの間にかそのうちの１つに座ってました。

『オーナー、この漫画喫茶「ＧＲＥＥＮ　ＧＡＲＤＥＮ」も私キイの担当となります。皆様にこの店舗の詳細をお知らせ致します。まずは館内案内図をご覧下さい』

モニターからキイが消えて、館内案内図が映し出されました。ですが、おかしいですよ？　いつの間に2階に移動してたんですか？

モニター画面を見ると、1階にあった筈の喫茶店が2階に移動していました。休憩所の隣に、上りと下りのエスカレーターが設置され、同じ2階にある会議室側からも通路で行き来が出来るようになっています。

次にモニター画面は『GREEN　GARDEN』の店内案内図へと切り替わります。

『店内は開放的で森の中のような清涼な空間をコンセプトに、観葉植物が多いのが特徴です。本棚も高さ160センチとし圧迫感の無い空間を提供しております。個室も準備しておりますが、部屋の中でゆったりと読める感覚を目指して提供させて頂いています。個室内はテーブルとリクライニングチェアの他に、肌触りの良いカーペットとロングソファーに大型クッションも用意しております。オープンスペースではマッサージチェアブース、カウンターブース、ソファーブースをご用意しております。勿論プライベートもきちんと確保しつつゆったりとお過ごし頂けます。またPC、ゲームブースも提供させて頂いております。豊富な種類のゲームと映画、音楽、アニメも視聴可能です』

キイの説明と共に館内の映像も一緒に流れます。優しい色使いの落ち着いた空間は僕好みですねえ。

『当館は設置キャンペーンにより、パスポートをお持ちのお客様のみ本日から3日間無料開放いたします。喫茶店兼レストランは有料です。ご了承下さいませ。また、本来の料金設定内訳は以下の通りです』

漢画喫茶『GREEN　GARDEN』
90分パック　５００ディア（ＭＰ５）
３時間パック　９００ディア（ＭＰ９）
４時間パック　１１００ディア（ＭＰ11）
５時間パック　１３００ディア（ＭＰ13）
８時間パック　２０００ディア（ＭＰ20）
ナイトパック　８時間　１０００ディア（ＭＰ10）

＊各パックにフリードリンク付き。
＊10時間使用経過で一旦ご精算して頂きます。
＊ＰＣ、ゲームブースはパスポートをお持ちのお客様のみご利用頂けます。
＊個室利用には更に各パックの料金に１０００ディア追加料金を頂きます。

おお！　意外にリーズナブル！　もうちょっと高くしないとザックさん、ゼノさん入り浸りそうですねぇ。

『喫茶レストランのメニューも豊富に取り揃えています。是非こちらもご覧下さい』

キイが言った後各テーブルにメニューが現れました。ティアさんが開いてライ君リルちゃんに見せています。僕も見てみると、喫茶店というよりはほぼレストランですね。定食やガッツリした物も多いです。え？　メニュー公開しないのかって？　しませんよ。メニューだけで時間かかってしまいますから。

『オーナー、既に店内にキャシーさんが来店されています。サーシャ、ジーク、ドイル、ガレム様も現在こちらに向かって来ております。因みに先程館内アナウンスでグランが設置案内を放送致しました』

「おや、それは皆さん驚いたでしょう。多分レイナさんもお風呂上がりに駆けつけるでしょうし、僕が対応しましょう。キイはライ君リルちゃんミック君をお願いします。ティアさんもガレムさんが来ればこのままこちらにいるでしょうし」

『畏まりました』

僕が喫茶レストランを出ると、ちょうど漫画喫茶の正面入り口から入って来ていたサーシャさん達。僕を見つけてサーシャさんが駆け寄ってきます。

「もう！　トシヤお兄ちゃん！　館内増設するなら先に教えてよ！　いきなり喫茶店が光りだすんだもん。驚いたし、心配したんだよ！」

ぷうっと頬を膨らませて僕に注意するサーシャさん。うーん、可愛いですねぇ。じゃなくて……

「すみません、ちょっとしたイタズラ心でした。気をつけますすね」

サーシャさんの頭を撫でながら謝る僕に、ガレムさんが聞いて来ます。

「トシヤ、ここはなんだ？　本がいっぱいあるが」

「トシヤさん！　これって前言っていた漫画喫茶ってやつですか!?」

「凄《すげ》え！　本ってこんなに種類あるんだな！」

ガレムさんの言葉に被せて、興奮した様子で僕に尋ねるジーク君とドイル君。

みんなにも簡単に説明し、今日から3日間無料で本が読めますよと伝えると「俺、一旦ビニーさんに許可もらってくる」と走り出すドイル君。

ガレムさんは理解した途端スタスタと店内を見回りに行きました。

ジーク君は「うわぁ、うわぁ。何から見よう！」と心ここに在らずですねぇ。うんうん、楽しんで下さい。

サーシャさんは「私もキイさんに会いに行ってくる！」と喫茶レストランに入って行きました。

さて、僕は店内にいるキャシーさんを探しましょう。っていっても見通しのいい店内。どうやらキャシーさん立ち読みしてるみたいです。あそこは少女漫画コーナーです。

「キャシーさん、キャシーさん」

僕が近くで呼んでいるのに、集中しているのか全く返事がありません。仕方ない。ポンポンッと肩を叩いてもう一度呼んでみると、「きゃあ！」と驚いて本を落としてしまったキャシーさん。

「ああ、びっくりしたわ！　トシヤさんでしたの。あの……ごめんなさい、勝手に入ってしまって。私本が好きで、こんなにいっぱい本があるから我慢出来なくて」

申し訳なさそうに言うキャシーさんに、落ちた本を拾いながら説明をする僕。理解したキャシーさんは満面の笑みで「まぁ、ゆっくり座りながら読めるのですね！」と言って、渡した本を抱きしめています。キャシーさんは悪役令嬢の転生物が好きみたいですね。ゆっくり楽しんで下さいね。

その後はビニーから許可を貰って来たドイル君、ジーク君は嬉しそうに本を選びに行きます。お風呂上がりに来たレイナさんにも説明をして、レイナさんはやっぱり喫茶レストランへ直行。デザートも増えましたからねぇ。

そしてやっと起きて来たザックさん。

「トシヤ！　これって……！」

「そうですよ！　遂に設置しました、漫画喫茶です！」

「うっひょお！　やった！　アレだろ、大きな画面でゲームも出来るんだろ!?」

「勿論です！」

「いよっしゃあ！」

と真っ直ぐＰＣゲームブースに向かって行きます。すっかりゲーム好きになってしまったザックさん。僕が説明しなくとも、勘で辿りついたみたいです。

そうそう、ここもスマート端末設置されているんです。館内の使用方法、ＰＣゲーム機の遊び方も教えてくれるのですから助かりますよね。とりあえずみんなに渡しておきましょう。

ザックさんには渡してありますから、近くにいたジーク君、ドイル君に渡しに行くと『これであなたも一流の商人に！』『あなたの販売力を上げよう！』という雑誌を立ち読みしています。いや、だからこれ誰書いたんです？　しかも雑誌ですよ。なんかチラッと覗いてみたらこちらの世界の商人さんの体験談とか書いてありましたし。不思議ですねぇ。

さてキャシーさんは？　と探してみると、マッサージチェアに座って熟読しています。これは横のテーブルに置いておきましょうか。

今度はガレムさん……って、いました。あそこは青年誌コーナーです。ガレムさんが読む物ってなんでしょう？　近づいてみると、日本酒の蔵元に弟子入りした青年の成長物語を熱心に立ち読みしてました。こういうのってハマるんですよねぇ。

ガレムさんにも渡して、喫茶メンバーにはキイに伝言を頼み僕もゆっくり読む物を探しに行きましょう！　こんなにいっぱいあるとワクワクしますよね！

僕は目当てのスポーツ漫画を手に取り、個室へ向かいます。ここは部屋感覚で足を伸ばしたり、寝転んで読んだり出来るんですよ！　最高にまったり出来ます！

って思ってたんですけど……

「トシヤ！　また面白いもん作りやがって！」

と親父さんの突撃があったり。

「「「俺らがいない時に面白そうなもん作るな！」」」

テラのメンバーがドヤドヤ入って来たり、僕が読んでいたスポーツ漫画に一緒になってハマったハックさんと一緒に黙って読んだり。

個室なのに堂々と入ってくるみんなに流石に慣れ、「よお！　俺もここで読んでいいか？」と入ってくるグレッグさんに、「「いらっしゃい」」と言う僕とハックさん。ついでに音楽を聞いてるヒースさん。広い個室で良かったですよ。

その後はゆっくり過ごして最高に満足です。

まあ、滞在時間は聞かないで下さい。

遅れて来た木陰の宿の面々が徹夜をするぐらいなんですから。

2章　美味しいものは人を繋ぎますよ

漫画喫茶を設置してから2日経ちました。なかなかサムさんからの返事が来ませんねぇ。

「あ、ヴァントさん。もう1本下さい」

「あいよ！」

いやぁ、これは本当に美味しいですからね。既に1本食べましたけど、もう1本なら軽くいけます。ん？　ボルクさんそれ何本目ですか？　あ、まだ5本目。流石冒険者ですねぇ。

あ、皆さんおはようございます。僕は珍しく朝から動き出してますよ。僕の提案を実現させる一歩として、初めて接触した異世界人ヴァントさんの屋台に来ています。と言うか邪魔をしているというか……

「まぁったくよぉ！　昨日に続いて今日も来るたぁ、暇人だなぁ、トシヤ。代わってほしいぜ、ほんと」

「あ、代わりましょうか？」

「……俺の屋台を潰す気か、お前」

いやぁ確かに。前科者ですからねぇ。肉黒焦げにしちゃいましたし。でもここで意外な適性者が！

「ほら、焼けたぞ」

「やっぱりトシヤより筋がいいなぁ。冒険者にしておくには惜しい」

「焼くだけならベテランだからな」

そう、今日の僕の護衛のテラのボルクさんがいい腕をしているんです。ヴァントさんお墨付きですね。そして、冒険者として人気のボルクさんが焼いたオーク串焼きはどうなるのか……

「串焼き1本くれ！　ヴァント！」

「キャー！　ボルクさんだわ」

「ええ！　今日はボルクさん自ら焼いてくれたオーク串焼き食えるのか！！？」

「おお！　俺にも1本くれ！」

まぁ見事なまでの売れ行きです。ヴァントさんが「お前ら並べ！」と叫び、黙々と焼いていくボルクさん。僕も流石に渡す事は出来ますからね。手伝いましたよ。そしてあっという間に今日の分が売れたヴァントさんの屋台。

「やっぱりAランクは凄えなぁ」

ニッと笑いホクホク顔のヴァントさん。ボルクさんは全く疲れていなそうです。僕は近くの木にもたれかかって、休んでいます。日本人の体力甘くみないで下さい。疲れました……

「おい、トシヤ。これでヴァントに聞きたい事聞けるだろ」

腕まくりをしていた服を直しながら言うボルクさん。ヴァントさんは「ん？」と顔を上げます。

さっすがボルクさんですねぇ。

「ヴァントさん、今日この後時間ありますか？」

「お？　どっかで酒でも奢ってくれるのか？　独り身だからなぁ、時間はたっぷりあるぞ」

「じゃ、屋台片付けて木陰の宿に行きませんか？」

「いつもの木陰の宿かぁ。まぁ、いいか」

ちょっと残念そうなヴァントさん。早速片付けに動き出します。僕もボルクさんも手伝い素早く終わらせて木陰の宿へ。その道中はヴァントさんから屋台情報を聞き出します。

美味しいスープは寡黙な男性ファルゴさんのお店が一番だとか、焼き立てのパンは兎獣人のシルビアさんのお店。いや、良い尻しているとかその情報いりませんって。

新鮮な野菜は自家製のジーナばあちゃんのところだとか、肉はダックさんの所が解体が丁寧だとか、煮込み料理はやもめのカーナさんの所が美味いとかちょっとした個人情報も入ります。

なんでもヴァントさんはこの辺りの屋台をまとめている立場でもあるそうで、「独り身だからって面倒くさいもん押し付けられちまったんだ」とまんざらでもない顔で言ってましたよ。

まとめ役だからこそ宿の情報も手に入ります。勿論安くて美味いのは『木陰の宿』。ちょっと贅沢したければ『バッカスの宿』。王都で修行した料理人さんがいるんですって。更に庶民には高嶺の宿『ヴィンテージ』って宿もあるそうですよ。他は可愛い宿屋の娘さんがいる『白樺』、恰幅の良いこの街の女将さんみたいな存在の『シーラの宿』もあるそうです。

これは面白い！　既にそれぞれ味がありますね。これは上手くすれば僕の考える美食の街に更に近づきます。うんうん、と頷いている僕を不審な目で見るヴァントさん。あ、失礼しました。ほ、ほら木陰の宿に着きましたよ。さ、行きましょう。

「おい、トシヤ。食堂はコッチだろ？」

宿に入って食堂と反対側の方向に歩きだす僕とボルクさんを見て、不思議そうに言うヴァントさん。

「いえいえ、ヴァントさんには、僕の宿にご招待したいんですよ」

「は？　宿ってここ木陰の宿だろうが」

怪訝そうな顔のヴァントさんを「まぁまぁ」と誤魔化しながら、ホテルの正面扉がある部屋に連れて行きます。

「ヴァントさん歳は？　35歳？　ふむ意外と……いえいえなんでもありません。ここをちょっと触ってみて下さいませんか？　僕の宿が見えますから」

僕が促しても腕を組んで顔を顰《しか》めているヴァントさん。

「騙されたと思って触ってみろ、ヴァント。面白いもんが見えるぞ」

ボルクさんの言葉でやっと動いてくれたヴァントさん。いきなり見えた扉に驚き「はぁ!?　なんだこれ？」と騒いでいます。ボルクさんはスタスタと扉をくぐり、安全だと証明してくれました。助かりますねぇ。僕は挙動不審なヴァントさんの背中を押して中に入ると……

「「いらっしゃいませ！　ようこそ亜空間グランデホテルへ！」」

僕の自慢のスタッフ達の歓迎の言葉がヴァントさんを迎えます。

「おいおいおい……一体何だよ、この空間。あり得ねえ」

驚いてキョロキョロ見回すヴァントさん。初めて入る人はこうなるんですよね。親父さんやヤンさんが特殊なだけで。さて、と……

「サーシャさん、リーヤもう来てますか？」

「うん、先に調理場で待ってるって」

「わかりました、ありがとうございます」

ふふふ、僕はちゃんと増設もしてたんですよ。リーヤ待望の【館内設備】の調理場と大型男女別トイレ、2階会議室横に設置しておきました。いつサムさんが誰かを連れてきても良いように。

あ、玄関に立ちっぱなしはいけません。「さ、行きますよ～」とヴァントさんに靴を履き替えるように案内し、正面エスカレーターに乗って2階に行く僕達。

ボルクさんは宿に着いたら護衛は要らないので、休憩所に行ってますよ。というか、漫画喫茶に向かって行きましたね。今、亜空間内は漫画喫茶が流行ってますから。依頼に行ってるメンバー以外ほぼみんないるんじゃないでしょうかねぇ。

ヴァントさんの背中を押しながらそんな事を考えていると、調理場からリーヤが声をかけてきます。

「よお！　ヴァント、お疲れ」

『ようこそ！　亜空間グランデホテル調理室へ』

「あの……こんにちは」

リーヤの後は調理場に設置されたモニターからキイの歓迎の挨拶が続きます。あ、そしてあの子が『白樺』の宿の子ですね。リーヤより背の小さい可愛い系のエルフのファラさんです。ファラさんはリーヤが入館登録してくれました。携帯やタブレットをみんなが持つようになったので便利ですよね。

「……おい、リーヤ。それは何だ？」

ヴァントさんは色々不思議な事に囲まれているにもかかわらず、作業台に乗っている肉の串焼きに目が釘付けです。

「おう！　良い匂いだろ。ファラも美味いって言ってくれたんだぞ」

と得意気なリーヤ。それよりも気になるのか、まだお皿に余っていた串焼きを口にするヴァントさん。目を閉じて口の中でじっくり味わい、ゆっくり飲み込むとカッと目が開きます。

「何という深い味わい……甘さとしょっぱさがまさに丁度いい加減だ！　しかしなんだ！　この調味料は!?　リーヤ、教えてくれ！」

あ、やっぱりヴァントさんもこのタイプでした。料理人ってみんなこんな感じなんですかねぇ。そんな僕の感想を感じとったのか、リーヤがニヤッと笑ってヴァントさんに提案します。

「教えても良いが、ヴァント。お前もトシヤの案に乗っかるか？」

「は？　案だと？　と言うより、ファラいつからいたんだ？」

やっと正気（？）に戻ったヴァントさんとファラさんに、ここに連れて来た理由である『街と共に歩む上質な時間』の案をモニターを使って説明します。

途中で幾つか質問をするヴァントさんとファラさんに、全ての説明を終えると……

「……商業ギルド待ちって事か。だが、美味さを追求するのにはギルドなんか関係ねえ！　俺は乗るぜ！　トシヤがその為にも協力してくれるんだよな！」

熱い男ヴァント此処に在りって感じです。まさかここまですぐに協力体制になってくれるとは驚きです。一方、ファラさんは「家族にまずは相談させて下さい」と慎重な返事を下さいました。摑みは良い感じでしょう。

その後はいつもと同じパターンですよ。リーヤは仕事に戻りましたが、初入館キャンペーンで2人共を大浴場へご案内。ファラさんはサーシャさん、ヴァントさんは僕が館内説明をしました。当然……

「すっげえ綺麗じゃねえか！」

「っっかぁ～！　なんちゅう贅沢！」

「ふあぁぁぁ……気持ち良すぎる……」

と満足してもらいましたよ。また1人、風呂の沼に引きずり込みましたねぇ。良い事です。

お風呂上がりにファラさんは喫茶レストラン『GREEN　GARDEN』へ、ヴァントさんは僕の奢りで1日宿泊してもらうので、フリードリンクコーナーへご案内。見ず知らずだった僕にも親切にしてくれた人です。しっかり歓待しないと！　って思ってたんですけどねぇ……

「まずは最初は生ビールからだな」と依頼から帰って来ていたザックさんからビールを勧められたヴァントさん。「プハッ！　凄いコクとキレがあるエールだな！　これは良い！」としっかり味の評価をしています。

　それを面白がったのはガレムさんとジェイクさん。ヴァントさんに『黒霧嶋』と『二階洞』の飲み比べをさせています。

「これは鼻から抜ける甘い香りと、舌に優しくまとわりつくトロリとした旨味……辛口でキリッとした喉を滑り落ちる切れ味……美味いな、コレは」

「これは……なんて言うのか。クセを抑え華やかで優美な香りと、ふんわりとした麦の甘みを感じる……また違った美味さだな」


　こうなると止められない酒飲み達。出て来ましたよ、手に入り辛いと言われる日本酒の数々。それぞれ勧めている所に親父さん乱入。更に加速する飲み比べ。

　これは終わりませんねぇ。みんなにヴァントさんを任せて、僕も喫茶レストランの方へ行きますかね。そそくさと移動する僕の後ろから感動しているヴァントさんの声が聞こえてきます。

「まろやかでいて後味がいい……こんな酒があるのか！」

……ヴァントさん、貴方もうわばみでしたか。これは酒飲みグループにまた1人追加決定です。

　因みにヴァントさんが食べたのはオーク肉の照り焼きでした。照り焼きの匂いって我慢出来ないですからね。

一夜明けてここはコンビニ店内。

「おいおいおい……何だここは！　料理人の宝島じゃねえか！」

コンビニの調味料コーナーで、スマート端末を握り締めて叫ぶヴァントさん。1つ1つしっかり商品説明を聞いたり、わかるまで何度も聞いたり。正直リーヤより時間かかっています。サムさんに近いでしょうか。

ヴァントさん、昨日はうわばみ組とかなり飲んでいた筈なんですよ。でもこのホテルのおかげか、ヴァントさんの習慣かわかりませんが、スッキリとした表情で僕達より早く起きてました。フリードリンクコーナーで「よっ！」と声をかけられたので、「朝食をキイのところで食べませんか？」と誘ってみたんですよ。

いやぁ、喫茶店メニューをこんなに熟読する人いるんですね。喫茶レストラン『GREEN　GARDEN』になってから、宿泊者はモーニングセットが無料なんですけど、それにも食いついてましたね。

確かに見事なんですけどね、うちのモーニング。よくアフタヌーンティーで使われる2段のケーキスタンドあるじゃないですか。あれの1段目がトーストやクロワッサン、2段目がサラダ、フルーツ、ヨーグルト、オムレツ、ベーコンなんですよ。これ1人分ですよ？

　勿論飲み物とスープも付きますよ。見た目も楽しいし、量も満足です。何せこちらの人の胃袋（特に冒険者）を満足させるんですから。

　そして、ヴァントさんが真剣にゆっくり味わった朝食が終わると、「トシヤ。昨日の肉の味付けに使った調味料買えるのか？」と聞いてきたのでコンビニに連れて来たんです。あ、ライくんリルちゃんは起きてきたティアさんと一緒に『GREEN　GARDEN』に居ますよ。

　既にヴァントさんの買い物カゴには、照り焼きに必要な醤油に味醂にお酒は勿論、焼肉のタレ、麺つゆ、味噌、ウスターソース、とんかつソース……カゴ2つ目に入りましたねぇ。店は順次補充されるので物が無くなる事はないですけど、凄い大量買いです。

「そういえばヴァントさん、今日店出さないんですか？」

「店どころじゃねぇよ！　新しい味を完成させるんだ！　そうだ、トシヤ。昨日の調理場貸してくれねぇか？」

　これは早速キイの料理教室開催ですね。あ、でも一応レンタル施設です。エアに確認しましょう。

「エア、調理場を1日レンタルする場合っていくらですか？」

『はい、こちらがレンタル施設料金一覧でございます』

午前	3600ディア（MP36）
午後	5400ディア（MP54）

夜間　5400ディア（MP54）
全日　1万3000ディア（MP130）
＊（　）内はオーナー専用料金。

『時間延長するかについては、終了1時間前にファイが確認する予定でございます』

成る程そうでしたか。まぁ、これは計画の一環ですから僕の魔力から引いてもらいましょうか。

「何だ？　金なら出すぞ？　幾らだ？」

「いえ、これも僕の計画の一環ですから気にしないで研究して下さい」

「そうか？　じゃ、遠慮なく借りるぜ！」

ヴァントさんはそう言ってカゴを持ってセルフレジに行き、買ったものを自分のアイテムボックスに入れます。「ちょっくら準備してくらぁ！」とウキウキとした足取りで一度正面扉から自宅に戻って行きました。うん、頑張って下さいね、ヴァントさん！


さて、僕は空間が空き寂しくなった1階部分に来ています。オープンラウンジを新設しましょうか？　あと魔石はいくら在りましたかねぇ、と考えていると……

「やぁ、トシヤ君。やっと来れたよ」

後ろから声がかかります。

「サムさん！　レノさん！　と……？」

振り返るとサムさんとレノさんが来館していました。でももう2人いますね。誰でしょう？

「遅くなって済まないね。返事を持ってきたよ」

「但し、問題も出て来ました」

済まなそうに言うサムさんとレノさん。

「もしかして私共の事でしょうか？　レノさん」

髪をしっかり固めた紳士というのがピッタリの渋い男性が、レノさんに声をかけています。

「いや、俺達は話を通す前に実際に見てみたいと言っただけだぞ」

こちらは長い銀髪を後ろで1つ結びした青年が説明をしています。いやぁ、出て来る人達みんな顔がいいのは今更ですけど、ギルドの人達でしょうか？　僕が不思議そうにしていると、サムさんが苦笑いして教えてくれます。

「ああ、そうだったね。トシヤ君まず紹介しよう。こちらは高級宿屋『ヴィンテージ』の主人のダニエル。そしてそっちの元気のいい青年は『バッカスの宿』の料理長ディーノだよ」

「お初にお目にかかります。ヴィンテージのダニエルと申します」

サムさんから紹介を受けたダニエルさんは、綺麗な所作で挨拶をしてくれます。

「バッカスの宿の調理長、ディーノだ。宜しく頼む」

次いで、ディーノさんが無表情で手を差し出して来ます。余り感情を出さないタイプでしょうかね。

僕も「当ホテルオーナーのトシヤと申します」と挨拶をし、2人と握手をかわします。このまま立ち話も何ですし、まずはオープンラウンジに4人を連れて行き、テーブル席に4人を座らせます。僕も1つ椅子を持って来て座ると、すかさずサーシャさんが給仕して下さいます。

「皆様お飲み物は如何致しますか?」

サーシャさんはさりげなくフリードリンクコーナーのメニューリストを皆さんの前に置いていきます。おや? これいつ準備してたんでしょう? というか、サーシャさん接客着実に上手くなってきていますねぇ。


流石にアルコールを注文する方はおらず、みんな一律コーヒーを頼んでいます。サーシャさんが皆さんの前にコーヒーを置くと、サムさんが話し始めます。

「まずはトシヤ君、結果だけ言えば商業ギルドは君の案におおむね賛成するという事になったよ。まぁ、まだ何だかんだ言っている連中もいるけど、今度商業ギルド上層部を連れてこちらに見学に来る予定になったんだ。で、早速この街の宿屋の主人に話を通してみたんだけど……余りいい反応はなくてね。ただこの2人は興味を示してくれたから、今回連れて来てみたんだけど……」

サムさんが言葉を濁すので何かあったかと思ったら「可愛くないんだよ! この2人! こんだけ凄い施設に表情1つ動かさないんだから!」とぷりぷりしています。

「充分驚いていますよ、ギルド長」

「右に同じ」

サムさんの言葉に答えるダニエルさんとディーノさん。確かに冷静ですねぇ。

「ギルド長は置いといて、この2人は特に食に関して自信を持っています。本当に自分達が教わる必要があるのか、とまぁ確かめに来たんです。それで前回私共もその辺は確認していなかったものですから上手く説明できなくて……」

レノさんが申し訳なさそうに言います。

そういえば泊まらずにお風呂とコンビニと会議室だけ見たんですもんね。プレゼンの後はすぐギルドに戻りましたしねぇ。ふむ。キイの喫茶レストランも良いですけど、格調を求めるのなら……

「わかりました。サムさん、この2人には僕のギフトの事について説明していますか？」

「してないよ～。驚かせたいし。あ、でもこの2人は信用できる事は保証するよ」

僕に話しながらニヤニヤ顔のサムさん。どれだけこの2人を驚かしたいんでしょうかね？……でも面白そうです。うん、僕も乗りましょう！

「ではダニエルさん、ディーノさん。僕のギフトをお見せしましょう。エア、バージョンアップをお願いします」

『畏まりました。【バージョンアップ】に1万個魔石を消化しまして、シティホテルAタイプを開放致します。また、現在更新された亜空間グランデホテル設定を開示致します』

【名称】亜空間グランデホテル
【設定バージョン5】1・カプセルホテル　Aタイプ

2・カプセルホテル　Bタイプ
3・ビジネスホテル　Aタイプ
4・ビジネスホテル　Bタイプ
5・シティホテル　Aタイプ
【バージョンアップ】0／1万〈魔石数〉
〈シティホテル　Bタイプ〉NEW！
【限定オプション店】漫画喫茶GREEN　GARDEN
コンビニエンスストア
会議室3部屋&館内Wi－Fi
〈ビュッフェレストラン&大広間　MP7万〉
〈フィットネスクラブ〈ジム・トレーニング器具、温水プール、脱衣室、簡易シャワー付き〉　MP9万〉NEW！
＊シティホテル　Bタイプ開放後購入可能。
【館内管理機能】1日消費MP1200

こ、これは！　また嬉しいものが出て来ました！　館内でトレーニング出来るじゃないですか！

あ、何気に運営消費MP増えていますねぇ。っていけません。後でゆっくり考えるとして……

「エア、ではビュッフェレストラン&大広間の設置をお願いします」

『畏まりました。ビュッフェレストラン&大広間を設置致します』

エアの言葉の後に光り出す休憩所隣り1階空きスペース。これには「おお！」「うおっ！」というダニエルさんとディーノさんの声がします。

光が収まり見えてきたのは日本にある高級レストランのような入り口。白の大理石を基調とした入り口の自動ドアの向こうには、清潔感溢れ明るそうな店内が見えています。壁には『ビュッフェレストランOTTIMO《オッテイモ》』と記載されています。

エアに聞いたらOTTIMO《オッテイモ》ってイタリア語でとても美味しいって意味なんですって。これは期待持てます。で、大広間はどこにできたんでしょう？　っと思っていたら……

「おいおいおいおい……何なんだこれ!?」

入り口を見て騒ぎ出すヴァントさんの姿が。あ、戻って来たんですねぇ……って、ん？

「ヴァント！　お前が何でここに居る!?」

「げえ！　ディーノ！」

ヴァントさんを指さすディーノさん。どうやら2人は知り合いみたいですが、2人共口喧嘩を始めてしまいました。サムさんは「あちゃあ」と頭を抱えていますし、レノさんは「また始まった」と呆れています。ダニエルさんは、そんなのお構い無しに「これはこれは……」とビュッフェレストランに興味深々です。


う〜ん、これはどうしましょう？

早く中を確認したいんですけどねぇ……

そう思って静観していたら意外なところから助《す》け手《て》がありました。

「いや、本当に悪かった！」

「おい！　ヴァント！　頭を抑えるな！」

ヴァントさんがディーノさんの頭を摑んで、一緒に頭を下げさせています。僕らが2人の口論が終わるまで、待っていたというのもありますけど。レストランの入り口前で騒がれると入れませんって。

「あやまるのはだいじなの」

「そうなの」

ライ君リルちゃんが2人の前に立って少し涙顔で頷いています。これには大人2人が苦笑い。ウチの癒し担当が良い働きをしてくれました。

実は2人の口論を止めたのもこの子達です。

「ケンカはだめなのー！」

「なかよくするのー！」

勇敢にも抱きついて止めに入ったんですよ。でも「「あぁ？」」と睨まれて怖かったんでしょう。

「「うわあああん!!」」と泣き出した2人。

「おいゴラァ！」と怒り出すティアさんを止める僕と、急いで2人をヴァントさん達から引き離すサーシャさんとミック君。「ウチの弟妹に何してくれたんだ？」とお怒りの遊びに来てたリーヤ。「リーヤ兄！　やっちゃえ！」と煽るエルさん。「あら？　ダニエルさん来ていらしたの？」とダニエルさんと挨拶をするマイペースキャシーさん。何ですか……このカオス。

まあ館内でのトラブル担当グランがこの2人に対処しなかったのは幸いです。僕が皆さんに館内での争い事は強制チェックアウトですよ、と説明すると落ち着いてくれましたし。

2人の言い分を聞いてみると、これは考え方の違いですかねぇ。どうやら以前、ヴァントさんとディーノさんは同じ所で修行してたみたいです。でも、ヴァントさんはいろんな人に食べてもらいたい。ディーノさんは料理を追求していきたい。そんな意見の異なる2人が同じ道を歩む筈もなく、ヴァントさんは安くて美味しい串焼きを目指して屋台へ。

ヴァントさんの腕をかっていたディーノさんは、一緒に同じ道をやっていくと思っていたのにそれがまさかの屋台。未だに許せないみたいで、商業ギルド内では有名なくらい、顔を合わせると口論する2人なんだそうです。まあ、ヴァントさんって言うよりディーノさんの方が突っかかっているみたいですけどね。

というか、いつの間に皆さん勢揃いで？　え？　グランが館内放送した？　ああ、成る程。で、今日護衛（実質休み）のクライムのみんなはいいとして、なぜセイロンとテラまでいるんです？

いい依頼がなかったから戻ってきた？　で、面白そうな事聞いたって？

おやおや、凄い人数になりましたねぇ。それじゃ、一旦口論も計画も無しにして、ただの見学と行きましょうよ。

「皆さん、まずは新しく設置したビュッフェレストランを見に行きませんか？」

僕の提案にとりあえず顔を見合わせるヴァントさんとディーノさん。リーヤは「仕方ねえな」と落ち着いてくれましたし、エルさんは「惜しい」とか言ってますけど。意外に好戦的なんですねぇ。

他のみんなは僕が最初に入るの待っていてくれたみたいです。おお！　ありがとうございます。

じゃ、入りましょうか。


シュッと開く自動ドアを通り僕らが入ると、かなり広めの通路が5メートルくらい続き、奥にレストランがある様子が窺えます。通路右側に白い大理石壁と大型モニターがあり、通路左側には観葉植物とデザイン椅子がセンスよく設置されています。これは待機場所でしょうかねぇ。全員入ると、ピッと大型モニターの電源が入りました。

『ようこそ！　ビュッフェレストランＯＴＴＩＭＯ《オッティモ》へ！　オーナー宜しければ私に名前をつけて頂けませんか？』

通路のモニターから初期の電子音声で声をかけられます。「ほらな」「へえ～最初はそうなんだ」と言うザックさんにテラのグレッグさん。ええ、そうなんです。また来ましたよ、名前問題。

「ええと、ＯＴＴＩＭＯ《オッティモ》だからティモでどうですか？」

『Ｏｈ！　有難うゴザイマース！　私ティモがマズハご説明サセテ頂きマース！』

ええと、何でしょう？　今度はエセ外国人みたいな人格が出て来ましたよ。ん？　何です、スレインさん。安直ですって？　良いんですよ、僕がオーナーですから（開き直り）。

さて、そんなみんなの反応はスルーしまして、ティモが言うにはこのビュッフェレストランは時間によって料理が変わるみたいですよ。

毎朝、１の刻から３の刻（6時～10時）がモーニングビュッフェ。３の刻半から５の刻（11時～14時）がランチビュッフェ。５の刻から６の刻（14時～16時）はスイーツ、ケーキバイキング。６の刻半から８の刻半（17時～21時）がディナービュッフェ。深夜営業無し。

ティモが説明しながらモニター画面でそれぞれの映像を流していきます。当然スイーツ、ケーキバイキングに反応する女性陣プラスうわばみ班。「きゃあ！」と言う女性陣の歓声に「ほお」という男性陣の野太い声も聞こえます。うんうん、いっぱい利用して下さいね。

因みに料金は、モーニングは宿泊者限定。ランチビュッフェは大人１万ディア、子供５０００ディア。ディナービュッフェは大人１万５０００ディア、子供７０００ディア。スイーツ、ケーキバイキングはお１人様５０００ディア。パスポート所持であれば、モーニングとディナーは無料だそうですよ。

『本日ハ設置キャンペーンとして、入館のオキャクサマは無料ニサセテ頂きマース！　ジカンも早いデスガどうぞランチビュッフェをお楽しみクダサイマセ！』

説明が終わったティモが太っ腹な宣言をすると、室内に野太い歓声と黄色い歓声が響き渡ります。

そしてビュッフェ会場になだれ込む皆さん。ああ！　ここにもスマート端末ありますから、持って行って下さいねぇ！　僕の声に気づいて、みんなが1台ずつ持って急ぎビュッフェ会場に入っていきます。料理は逃げませんって。

店内の様子を改めて見ると、ビュッフェ会場と食事を頂く大広間が通路を隔てて設置されています。ティモの説明によると、今日は洋食ビュッフェ。各テーブル主食、サラダ、メイン、スープ、デザート、ドリンクコーナーがあり、大皿にそれぞれ綺麗に盛り付けられています。

テーブルの下にお皿が積み上げられていて、どこからでもお皿が取れるようになっています。うんうん、みんなスマート端末に聞きながら取っていってますね。

今日のメインはクオーク産の海老の姿焼きとレッドブルのステーキとローストブル。濃厚なソースを添えて食べるみたいです。う～んこれだけでもお腹空いてきました。

そういえば、ビュッフェとバイキングって違うんですね。僕は両方食べ放題だと思ってました。ティモによると、ビュッフェが自由に選べるセルフ形式かつ取った料理の分だけ支払うのに対して、バイキングは決まった金額で自分の好きなものを自由に選んで好きなだけ食べられる形式だそうですよ。

でも異世界に来てまでその形式守ります？　いやぁ、ある程度は必要ですか。立場の高い人が利用するかもしれませんし。ま、スマート端末にお任せですけどね。

そうそう大広間ですけど、今はオシャレなシャンデリアが明るく広間を照らしていますが、夜は落ち着いた空間を演出する色合いに変化するそうです。これは夜も楽しみです。

みんながワイワイやっている席については、テーブル席が125席ありまして、最大約500人収容できるんですって。更に、大広間の隣に少人数（5～8人）用個室が5部屋設置されていました。こちらもシックな内装でゆったり静かに食べたい方や、身分の高い人用にピッタリの部屋です。

ふわぁ、これは凄い。僕はちょっと圧倒されていましたが、みんなはなんのその。柔軟な方達ばかりです。

あ、面白いですよ。言い合っていたヴァントさんとディーノさん2人で揃って座っています。食べながらその料理方法について話をしているみたいです。結局、料理人気質は一緒ですからねぇ。

冒険者組は入り乱れて座っています。うお！　セイロンのゼノさん、テラのボルクさん、ジェイクさんその肉の量はなんです？　いくら取っても無くならないとはいえ、サラダも食べましょうよ。

女性陣も一緒ですねぇ。レイナさん、セイロンのケニーさん、ティアさん、木陰の宿のエルさんが、楽しそうにシェアしながら食べています。でも皆さんスイーツしっかり持ってきてます。だから無くなりませんって。

まだそんなにお腹空いてないのかジュースとケーキを持ってきているライ君リルちゃん。ゆっくり美味しそうな表情で食べています。サーシャさん、ミック君も2人の様子を見ながらいい笑顔で食べていますね。うちの子達可愛いでしょう、癒されます。

豪快に食べまくっているのはテラのグレッグさん、スレインさん、セイロンのハックさん、ヒースさん。いや、ヒースさんはスマートに料理を食べています。量は大量ですけど、どこにいてもヒースさんはヒースさんですねぇ。

奥様同士優雅な時間を過ごしているのは、キャシーさんとクレアさん。微笑みながら味わって食べてくれていますね。

商業ギルド組サムさん、レノさんとダニエルさんは、ゆったり味わって食べています。お皿を見ると少しずついろんな種類を楽しんでいるみたいです。ビュッフェの正しい食べ方をしていますね。流石です。

ウチのザックさんとガレムさんはビュッフェコーナーで色々物色中。リーヤも一緒です。

「おーい！　トシヤ、何ボーッとしてんだ？　一緒に食べようぜ！」

お、ザックさんが僕を呼んで下さいました。

僕も折角ですからいっぱい取ってきますかね。


いやぁ、食べました食べました。

「またおなかいっぱいだね」

「おなかポンポンなの」

ビュッフェ美味しかったですからねぇ。目の前でお腹をポンポン叩く可愛いライ君リルちゃんに癒されている僕。休憩所で一休みしています。

あの後、満足するまで食べた皆さんのお皿の数もかなりの量でしたねぇ。で、お皿や洗い物とかはどうするのかと、ティモに聞いてみましたら、何とテーブルの天板が転移装置付きなんですって。汚れたままティモが洗い場と呼ぶ空間に移動。クリーンをかけて元の位置に自動収納される仕組みらしいですよ。

これは世の中の母親が欲しがる機能ですねぇ。猫の手も借りたいほど毎日家事に勤しむお母様方、お疲れ様です。じいちゃんも言ってましたから。「女は労ってやるもんだ」って。ばあちゃんいつも笑顔だった秘訣ですかね。

あ、すいません、話を戻しますね。みんなは食べた後、それぞれお風呂に入ったり、漫画喫茶に行ったり、マッサージチェアに座ったり、食後の休息をとっています。リーヤとエルさんは宿の仕込みに向かいましたね。

面白いのが口論していた2人。「あの味を出してみたい」と言うディーノさんに「お！　丁度良い。お前も手伝え」と調理場に連れて行くヴァントさん。今ごろ仲良く口論しながら味の研究しているでしょうね。キイもですが、ティモも手伝うみたいですし。なんか凄いの出来そうで、楽しみですね。

おや、サーシャさん案内のもと、ゆっくり館内見学予定の3人がこっちに戻って来ます。

「あれ？　皆さんもう見学終わりですか？」

「いや、トシヤ君に話したい事があってね」

サムさんはそう言って僕の隣りに腰掛けます。それを見たライ君リルちゃんは、よいしょ、よい

しょと椅子を降りて、

「あのね。ミックにいちゃのところにいってくるの」

「リルもいってくるね」

とお手手を繋いで2階へ向かいました。なんて素晴らしいお子様達なんでしょう。自分達から席を譲りましたよ！

「おや、気を使わせてしまいましたか。それにしても良い子達ですね」とダニエルさん。そうでしょう、そうでしょう、と誇らし気な僕に顔が緩んでいる事を指摘して下さるレノさん。いいんです、僕の顔は気にしないで下さい。それより、親御さん達のうちの子自慢したい気持ちがわかりましたねぇ。

「いや、失礼しました。それで、僕に話ってなんでしょう？」

僕の問いに、席についたダニエルさんが話し始めます。

「トシヤさん。私共に料理を教えて頂けないでしょうか？　感服致しました！　特にクオーク産の海老の姿焼きに使ってありましたソース！　海老の甘味と食感を引き立て、尚且つ旨味を増幅するあの濃厚で後を引くあの味に！　あれがウチの宿でもできるようになるのならいくらでも頭を下げましょう。お願い致します」

ダニエルさんが僕に頭を下げて頼み込んできます。うわぁ！　そんな頭を下げないで下さいよ！

これ元々僕の計画の為なんですから。

「わわ！　ダニエルさん、頭を上げて下さい！　大丈夫ですよ、元々そのつもりでしたし！」

「ええ、そうだとしてもソースは料理人の命とも言います。それを教えて下さる方に頭を下げずに教わる事はできませんから」

にっこりと笑ってお礼を伝えてくれるダニエルさん。高級宿のご主人でしょうに、驕る事はないのですね。素晴らしい。

「それでね、トシヤ君。商業ギルドも関係してくるんだ。ギルド職員を連れて来るにしても、ダニエル君達の料理人が通うにしても木陰の宿に集まるとなると、街のみんなが不思議に思うだろう？」

サムさんが言うように、確かに目立ちますねぇ。まだ準備段階ですからここの存在が明らかになるには時期が早いですし。

「それで提案なんだけどね。先に商業ギルドに出張扉を設置しないかい？　グラン君にも相談したんだけど、僕らギルドが持っている魔石で開通しそうだし」

ええ！　出張扉は魔石10万個分ですよ!?　驚く僕にレノさんが補足します。

「既にギルドの方で1室準備はしています。トシヤさんもご存じの2階商談ルームの大部屋1室を、専用入り口にしたいと考えています」

「どうだろう？　とりあえず当分はそこを起点とするのは？」

サムさん達の提案はいわば僕の為ですからねぇ。それに元々商業ギルドには置くつもりでしたし、異論はありません。

「魔石があるのなら、そちらを優先しましょう！　勿論今からでも大丈夫ですよ」

「よし！　こういうのは素早く動いた方がいいからね」

僕の言葉に同意するサムさん。あ、でもその前に……

「グラン、今日の護衛のクライムを呼び出してもらって良いですか？」

「畏まりました」

そして館内放送で集まったクライムメンバー。「今いいところだったんだぞ」と恨めしそうに言うザックさんに「丁度、杜氏《とうじ》との問題が解決するところだった」とボソッと言うガレムさん。「風呂に入ろうと思ってたのに」と言うレイナさんに、「お肌のケアしていたところだったのよぉ」とティアさん。……皆さん僕の護衛ですよね？

それでも僕を優先して集まってくれたメンバーに、商業ギルドに向かう事を伝えます。またすぐ戻って来れそうな話を聞いて態度を変えるクライムメンバーの姿には僕も苦笑いです。まぁ気持ちわかりますしね。

そしてまぁ、このメンバーが揃って歩いて移動するとどうなるか……

「お！　ギルド長。珍しく歩きかい？」

「レノさん……相変わらずお綺麗だ」

「クライムメンバーが揃ってるぞ！」

「オーク狩りの事聞かせろよザック！」

「ガレムさんカッコイイよなぁ」

「レイナちゃん、今日は甘いプランツ入っているよ！」

「おや、ダニエルさん。また今度泊まりに行かせて頂きますぞ」

こうなりますよねぇ。まぁまぁ、屋台から、冒険者から、宿のご主人から、商人さんから声をかけられる事かけられる事。

そんな中僕の事は気にしないで下さいね、と平然を装って歩いて行く僕。まぁクライムメンバーが僕の周りを固めてますから、そうもいかないんですけど。いやぁ居づらかったです。


なんとか商業ギルドにつき、設置部屋に通されてホッとしましたねぇ。みんなは平然としているんですから、僕も慣れないといけませんね。

「ちょっと待っててね。魔石持って来るよ」

気軽にそう言って、サムさんがギルド長室から持って来た袋の大きい事！

「サ、サムさん？　一体何の魔石ですか？」

「あ、これ？　アイスドラゴンの魔石」

「は？」

ドラゴンですよ！　ドラゴン！　やっぱりいるんですねぇ。と言うか頭1つ分くらいありそうです。

「これでも中くらいだったらしいよ。ねぇ、レイナ」

「なんだ、商業ギルドで買ってたのか。この魔石」

はい？　クライムですか？　討伐したのは。え？　Aランク5パーティで討伐したって？　テラ

も勿論入っているみたいですけど、他の3パーティは辺境ギルド所属？　何にしても凄い！

「まぁまぁ、その話は後で聞けばいいから。さ、エア君この魔石を取り込んでくれるかい？」

とサムさん。うわぁ、後でゆっくり聞かせて下さいね、皆さん。エアにトランクルームに入れるように頼み『畏まりました』と言って取り込んだエアの次の言葉にも驚きました。

『この魔石はAランクの魔石1000個分に相当致します。現在所持している魔石も合わせますと、魔石総数は103万350個相当でございます』

うわぁ！　凄い！　これ貰いすぎですよ！

「うん、いい数だね。トシヤ君これで各商業ギルドを繋げる事ができそうかい？」

成る程。サムさんは僕が提案した物流の安全性を優先したいんですね。

「勿論です！　ですが、サムさん。20万個相当程お借りして宜しいですか？　木陰の宿とグラレージュにも設置させて頂きたいので」

この2つの宿にも、約束を果たさないといけませんからね。

「返してくれるならいいよ～。と言うか投資したようなものだし。こちらが指定する箇所のギルドに設置してくれたら、使っていいよ」

何とも太っ腹なサムさん。サムさんのご好意に甘えさせて頂きますね。では、まずは此処に設置してみましょうか。

「エア、この部屋に出張扉の設置をお願いします」

『畏まりました。10万個魔石を消費して、出張扉の設置を致します』

エアの言葉の後にスウッと現れた出張扉。扉はいつもの正面扉と同じ鏡開きの扉ですが、大きさはこちらが小さめ。人2人同時に入れるくらいでしょうか？　そしてその隣りにスウッと出て来た長方形のボックス。エアが説明を始めます。

『出張扉設置完了致しました。この扉は宿泊パスポート、入浴パスポート、通行パスポート所持者のみご利用できます。扉はパスポートを発行した者のみに見えて触れる事ができます。隣りにあるボックスは通行パスポートのみ発行できる発券機でございます。ご利用料金は1日300ディア、月間7000ディア、年間3万ディアでございます。まずは、パスポートをお持ちの皆様。扉にあります黒い認証機にパスポートをかざしてお入り下さいませ』

エアが言うように観音扉の両方に認証機が付いています。あ、僕はオーナーですから関係なく通れますよ。という事で、まずは僕から通ると……そこは完全なる個室でした。会議室くらいの大きさですね。

そして右側の壁に扉が設置されています。この扉にも認証機が設置されていますね。扉には亜空間グランデホテルというプレートがあります。あそこが館内に入る扉なんですね。

入って来た扉を見ると、商業ギルドセクト支部というプレートが上についていました。プレートには青のダイヤの形の石が付いていますね。なんでしょう、アレ？　と不思議に思いつつも、全員入って来たところでエアがまた説明を始めます。

『こちらは亜空間通行の為だけの空間となっております。青いダイヤの石がついたプレートの扉のみ、通行パスポートをお持ちのお客様がお好きな扉へと移動できます。ついていない扉に関しましては入室した扉のみ退室可能となります。いずれも認証機にパスポートをかざす事によって鍵が開きますので、ご利用の際はお忘れのないようお願い致します』

僕以外の人達は制限があるんですね。ん？　そういえば……

「エア、通行パスポートでホテルに入館できるんですか？」

『いいえ。あくまでも通行のみでございます。あちらの当ホテルに入る為には入館登録が必要でございます。現在権限を渡しているのは、サム様、リーヤ様、ブルーム様、護衛メンバーの各リーダーでございます。どなたかから入館登録して頂かない限り入る事は出来かねます』

成る程。ホテルとはいえウチは会員制を取りますからね。

『またこの通路の管理はグランでございます。グランに追加されたアプリを開示致します』

【亜空間グランデホテル　フロント】
【宿泊者登録】
【宿泊状況】
【大浴場利用者登録】
【大浴場利用状況】
【大浴場・脱衣場管理】
【フロントスタッフ登録】
【大浴場スタッフ登録】

【備品発注】

【お土産コーナー】

【亜空間通路管理《ターミナル》】ＮＥＷ！

【亜空間通路設備《ターミナル》】ＮＥＷ！


これはまた面白そうなものがきましたね。ってあれ？　なんか2人足りませんねぇ。

「あの、レイナさん。ザックさんとガレムさんは？」

「ああ、亜空間に入ったら大丈夫だからな」

「さっさとあの扉からホテルに帰って行ったわよ。まぁ、あの2人にしてはもったほうよ」

苦笑いするレイナさんに呆れるティアさん。ああ（察し）、納得です。そんな僕らを見ていたサムさん。「トシヤ君！　気になるから早く確認してくれないかい？」とワクワクしている様子。レノさん、ダニエルさんは笑顔で通常通り。

あ、そうですね。

では確認しましょうか。

改めてエアにターミナルってなんでしたっけ？　と聞いてみます。エアによると鉄道・バスなどの終着駅の事ですが、交通路線が集中し、発着する所としても使われるそうですね。

亜空間通路《ターミナル》はどうやらそれが最終目標なんでしょうか。でもそうなるとワクワクしますねぇ。

「ねえ、トシヤ君。聞いていてよくわからない単語が出てきたけど、ここは流通の中心の施設になり得るわけだよね。だから慎重に事を進めていかないといけないけど、流石に此処の領主には話を通さないと。ねえ、ダニエル？」

確かにそうですねぇ。でも何故ダニエルさんなんでしょう？　僕の視線を感じたダニエルさんが苦笑しながら教えてくれます。

「実は、私とセクトの領主は兄弟でしてね。もし弟と顔を繋げたいのであれば私が間に入りましょう。それに時期もいいですね。数日後にセクトの街を領主が訪問する予定なんです」

にっこりと凄い事を明かしてくれたダニエルさん。なんと、貴族さんでしたか。どうりで所作が綺麗なはずです。

「ああ！　そういえば、ジウが来る時期だね。ほらトシヤ君、君も関わっていたんだろう？　オーク集落の討伐。アレ、ジウが来るから必要って事もあったんだよ」

とサムさん。そういえばギルド長そんな事言ってましたね。

「それはそれは、ありがとうございます。家族としても個人としてもお礼を言わせて下さい。では領主の弟の件は私にお任せ下さいませんか？」

これは心強い！　ダニエルさんがいたら、僕でも何とかなりそうですねぇ。

「その時は是非お願いします、ダニエルさん」

「お任せ下さい」

僕とダニエルさんが笑顔で握手を交わしていると、後ろから焦れたティアさんの声が。

「ちょっとぉ。そろそろ確認作業に入ってもいいんじゃない？」

「そうだぞ。私達も出来れば早く戻りたいからな」

レイナさんは揶揄いながら言っている様子ですが、実際これは会議室使って確認した方がいいですね。皆さんに一度戻って会議室で説明する事を提案します。了承した皆さんとホテルに続く扉を開けて戻ると、正面玄関扉の横に出て来ました。此処に繋がるんですねぇ。

「これは通うのに便利になった」と上機嫌なサムさんと「仕事終わってからにして下さいね」ときっちり釘を刺すレノさん。ダニエルさんも魔石を集めようか考え出したみたいです。勿論ご用意頂けたら設置しますよ、ダニエルさん。


『「おかえりなさいませ」』

ホテルに入るとグランと笑顔のサーシャさんに迎えられた僕達一行。此処でレイナさんとティアさんも別行動に。ありがとうございます。

サムさん、レノさん、ダニエルさんと一緒にまずは会議室に向かうと、会議室横の調理場の扉が開いています。流石、防音、防臭完備。扉が開いていても通路には声も匂いも届いていません。少し声をかけようと調理場を覗くと……

「だーかーら、もうちょっと辛みがあっても良いだろうが！」

「ふざけるな！　ティモさんと俺が編み出した味にケチつけるのか？」

『Ｏｈ！　スパイスは好みの範疇デース。デモキイさんの味付けモ甘さ抑えてモイイとオモイマース』

『あら？　先輩の私にも助言ですか？　ヴァントさん、ぐうの音も言わせない味付けを更に試してみませんか？』

えーと、どうやらキイがヴァントさん、ティモがディーノさんを担当して教えていたんですね。言い争ってますが、なんか楽しそうですよ。ってダニエルさん？

「ならば、私にも試させて下さいませんか？」

僕の横を通りすぎて輪の中に入って行ったダニエルさん。

「よっしゃ！　ダニエルの舌を満足させた方が勝ちだ！」

「望むところだ！」

「カチにいきマスヨ」

「あら、こっちだって負けません」

いつのまにか料理研究が料理対決に。僕からすると、両方美味しそうに見えますけどねぇ。

大量に作られるであろう料理の数々は、多分冒険者達の胃袋に収まるでしょうし、存分にやって下さい。

結局、僕とサムさんレノさんの3人だけで確認する事に。会議室に入り席に着き、ファイにモニターとパソコンを起動してもらって漸《しばら》く亜空間通路《ターミナル》確認です。

まずは【亜空間通路管理《ターミナル》】から。

【名称】亜空間通路《ターミナル》
【バージョンアップ】0／10万（魔石）
【限定オプション店】クリニック・薬局　MP9万
レンタカーショップ（亜空間外走行可）　MP10万
【通路管理機能】1日消費MP1700

うわぁ！　これもまた凄い！　医療は必要ですし、レンタカーが来ました！　館内同様の機能もありますが、清浄化機能？

「ファイ、清浄化機能ってなんですか？」

『亜空間通路に入り込んだ人体に有害な感染源を除去する機能でございます』

なるほど、有害な感染源からの保護機能ですね。地球でも感染対策は必須でしたしねぇ。また1日の僕から引かれる運営消費MPが増えましたね。

「トシヤ君。クリニック・薬局とレンタカーショップの説明を頼むよ」

そうでした。サムさんレノさんには馴染みの無い言い方ですからね。ファイが僕より先に画像も交えて2人に教えてくれます。すると……

「それは良い！　実際の移動も楽になるんだね」

「確かに人が多くなるとポーションも必要になりますし」

2人共納得してくれましたね。まぁ、スレイプニル馬車も良いですけどね、やっぱり車が良いいんですよねぇ。
さて、納得したところで次の【亜空間通路設備《ターミナル》】に行きましょう。

・オープンラウンジ［1人掛けソファー×12、マッサージチェア×6］ＭＰ2万
・自動販売機コーナー［ジュース、コーヒー、アイス、カップ麺専用機］ＭＰ2万
・男女別シャワールーム［簡易脱衣場、パウダールーム付き］ＭＰ6万5000
・大型男女別トイレ［パウダールーム、洗面所、個室20、空調、防音、防臭完備］ＭＰ3万
・レンタルオフィス&貸店舗［Ｗｉ－Ｆｉ、モニター、ビジネス機器完備］ＭＰ6万
・レンタル会議室［Ｗｉ－Ｆｉ、モニター、ＰＣ×1、テーブル、椅子付き×5部屋（30人収容）］ＭＰ5万5000
・レンタル個室型ワークボックス［Ｗｉ－Ｆｉ、モニター、タブレット完備（持ち出し不可）］ＭＰ2万
・レンタル多目的ホール（300人収容可能）ＭＰ2万5000

なるほど、空港や駅の設備に近いですね。勿論これらもファイが映像付きで詳しく2人に説明をしています。ここのセキュリティもグランが管理する事まで伝えていますねぇ。

特に2人が食いついたのはレンタルオフィスでした。確かにここに常設支部があれば良いでしょうね。でも先に各商業ギルドとの開通が先ですよ、お2人さん。

で、僕が一番興味惹かれるのは何かって？

勿論明日にでも出しますよ。

その前に今日は疲れましたし、とりあえず休みましょうよ。


その後色々ありましたが、疲れからか僕は部屋に戻ってぐっすり寝たんです。だからでしょうねぇ。この状態を知らずに寝ていたのは……

「すぅ……すぅ……」

「くぅ……くぅ……」

ええ、可愛い寝息はライ君リルちゃんですよ。2人が僕にぴったりくっついて眠っているんですよ。僕、金縛りにあったのかと思っちゃいました。

え？　ベッド2つあるんじゃないかって？

そこですよ！　オーナールームって現時点でのランクごとに部屋が変わるのを忘れていたんです。それで現在は何になっているか……シティホテルAタイプです。基本Aタイプはシングルルームなんですよ。で、内装はどうなっているのかって思いますよね。

オーナー扉を開けるとベージュの絨毯とオフホワイトの壁が優しく迎えてくれます。入ってすぐの左側の壁がユニットバスになっていますが、ゆったりとした作りで大きめの浴槽とシャワー付きです。トイレは最新式のウォシュレットトイレ、広い洗面台も中に設置されています。アメニティもありますよ。

ユニットバスの隣にクロークがありまして、服が2人分くらい入りそうですね。クロークの先が部屋になります。壁側にTVが設置された棚があり、棚下にはオシャレなコンパクト冷蔵庫。少し距離を置いてワイドダブルベッドが設置されています。ベッドの奥にはテーブルと椅子があり、コーヒーセットも準備されています。そして窓側に、スタンドライトと1人用ソファーが設置されていますから、ゆったり読書も出来るでしょうねぇ。

因みに、窓には何と木陰の宿の周りの景色が投影されているんですよ！　驚きましたよ。そうそう、ベランダにも出られますけどそちらの景色は真っ白な空間でした。これ、そのうち何か変化出そうですねぇ。

とまあ部屋はこんな感じですが、今の状態を説明するために昨日に遡ります。

「早速準備しなければ！」
「ギルド長がこっちに来てどうするんですか！」
昨日は、興奮して言い合いながら、またギルドにすぐ戻っていったサムさんとレノさん。
調理場で料理対決していた面々は、テラとセイロンの男性陣を呼び、テーブルいっぱいにあった料理を味比べさせてましたねぇ。ダニエルさんは「優劣はつけられませんね」と言ってその後は優雅に座ってその様子を見ていたそうですよ。

作った料理はどうなったかと言うと……ま、テラとセイロンメンバーが来ましたからねぇ。

「うめぇ！　うめぇ！」

「あ、おい。そっちもくれよ！」

「やべえこんなに美味いもん食ったら他で食えねぇ～」

「あ、おい！　スレイン！　野菜残すな！」

「俺これ嫌いだもん」

「……イケるな、コレ」

「これはもう少しピリッとした辛みがあれば良いな。それでこっちは味はもう少し薄めでもいい。スープは文句ない」

こんな感じですよ。最後の評論は勿論ヒースさん。ヒースさんって一体？　って思っちゃいましたよ。

その後はそのままのメンバーで宴会に流れ、クライムや女性陣も加わり、フリードリンクコーナーで皆さん飲みまくりです。ダニエルさん、ディーノさん、ヴァントさんはそのまま泊まっていきました。因みに、ヴァントさんの宿泊費は僕持ちですが、ダニエルさんディーノさんは宿泊費きっちり払って下さいましたよ。

そしてダニエルさんディーノさんもうわばみでしたねぇ。平然と飲んではお風呂に入り、ビジネスホテルAタイプに宿泊。現在はもう起きている頃でしょう。

「うう……」

「うにゅ」

ん？　やっと起きてくれましたね。

「ライ君リルちゃんおはようございます。朝ですよ、起きてくれませんか？」

僕の声でゆっくり起き上がった２人は、まだ眠いのか目を擦っています。ようやく起きて、

「おはようごじゃいましゅ」

「おはよう……ましゅ」

とご挨拶。可愛いですねぇ。

「２人共いつこっち来たんですか？　自分達の部屋に戻って寝ていた筈ですよね？」

実は一昨日からオーナールームがシングルルームになっていたので、２人手を繋いで歩いて行った筈なんですけどね。

「さみしくなったの」

「いっしょにねたかったの」

と僕を見上げて言う２人に誰か勝てます？　僕は秒で負けました。

２日連続２人が忍び込んで来たので、今日はオーナールームにベッドを増やす事を優先しましょう。そうです！　シティホテルＢタイプにバージョンアップをします。亜空間通路《ターミナル》の設備強化は後ほどですねぇ。

え？　僕が設置したかったものですか？　実は、今日設置出来るか半々だったんです。だってレ

ンタカーショップMP10万ですよ。亜空間通路《ターミナル》のバージョンアップで、僕の魔力量が増えてくれないと出来ませんし。

まあそれはさておき、やっと起きて朝支度をした僕達は、グランに挨拶をして休憩所に向かいます。休憩所には優雅にコーヒーを飲んでいるダニエルさん、マッサージチェアに座っているヒースさんとハックさんが居ました。ん？　今日はセイロンが残ってくれているんですね。まずはダニエルさんに挨拶しましょう。

「おはようございます、ダニエルさん」

「おはようございます、トシヤさん。昨日はとってもゆっくり寝る事が出来ましたよ。ありがとうございます」

朝からきっちりとキメたダニエルさんがニコニコと挨拶を返してくれます。その様子を見たライ君リルちゃんは「ごはんたべる」と言って手を繋いで2階へ向かいます。しっかりしてるでしょう、ウチの子達。

2人を微笑みながら見送ったダニエルさんと僕。僕もダニエルさんの隣に座り、他の2人の事を聞いてみます。ヴァントさんは既に屋台の準備のため夜が明ける前にホテルをチェックアウトし、ディーノさんも今日は仕事のため早朝にチェックアウトしたそうです。あ、ヴァントさんとディーノさん、2人共感謝のメモ残してくれています。マメですねぇ。

因みに今日はテラとクライムの合同チームが依頼の日なんです。朝スレインさんとザックさんが逃亡を図ろうとしたものの見事に失敗した事まで教えてくれました。ああ……今日も疲れて帰ってくるでしょうねぇ。

少し遠い目をしていた僕に、ダニエルさんが真面目な顔になって聞いて来ます。

「トシヤさん。部屋の種類は増やせるのですか？」

え？　満足していたのではなかったのですか？　驚く僕に苦笑して言い直すダニエルさん。

「ああ、私自身は満足しているのですよ。ただ、領主を泊めるには少し狭いと感じてしまいまして」

「あれ？　ダニエルさんの宿に泊まるのでは？」

「そう思っていたのですが、余りにもこちらの設備が良いものですから、宿泊もこちらにお願い出来ないかと考えましてね」

少し申し訳なさそうに提案してくるダニエルさん。こちらとしては問題ないですけどね。今設置しようとしていますし。

「それはありがとうございます。丁度部屋の種類を増やそうと考えていたところなんですよ。宜しければご一緒しませんか？」

「おお！　やはりあるのですね！　それは是非ご一緒させて下さい！」

ダニエルさんが珍しく感情を出してワクワクしています。これは期待に応えないといけませんね。

と、ここで僕らの会話を聞いていたハックさんとヒースさんも加わります。因みにゼノさんは未だ就寝中。ケニーさんは朝風呂へ行っているそうですよ。まあ亜空間内ですし、護衛は2人で充分ですからねぇ。

　では早速やってしまいましょうか。

「エア、魔石1万個消費して、バージョンアップして下さい」

『畏まりました。その後シティホテルBタイプエグゼクティブスイートMP6万を設置致しますか?』

「お願いします」

『ではバージョンアップ、並びにシティホテルBタイプ　エグゼクティブスイートを設置致します』

　エアの言葉の後にポーンという音が聞こえただけで、辺りに変化はありません。

「おい、本当に設置したのか?」

　ハックさんが聞いて来ますが、僕にも何が何だかわかりません。

「なぁ、あんなのあったか?」と言うヒースさんが指差す先には……

「あれは、エレベーターじゃないですか」

　そう、僕には馴染みのあるエレベーター、しかも結構大きいサイズです。正面玄関のシューズボックスの反対側の壁に設置されていますね。これはもしや3階フロアが出来ましたか?　そう考えていると、エアから説明が入ります。

『客室用シティホテルA、Bタイプは3階フロアに設置されます。どうぞ正面玄関横のエレベーターにて移動をお願いします。現在また情報が更新されております。亜空間グランデホテル設定を開示します』

【名称】亜空間グランデホテル
【設定バージョン6】1・カプセルホテルAタイプ
2・カプセルホテルBタイプ
3・ビジネスホテルAタイプ
4・ビジネスホテルBタイプ
5・シティホテルAタイプ
6・シティホテルBタイプ〈エグゼクティブスイート〉
【バージョンアップ】0／10万（魔石数）
（リゾートホテルAタイプ）NEW!
【限定オプション店】漫画喫茶GREEN　GARDEN
コンビニエンスストア
会議室3部屋&館内Wi-Fi
ビュッフェレストラン　OTTIMO《オッティモ》
フィットネスクラブ（ジム・トレーニング器具、温水プール、脱衣室、
簡易シャワー付き）MP9万
（世界旅行代理店　MP10万）＊リゾートホテルAタイプ開放後購入可

能。

【館内管理機能】　1日消費MP4600

うーん、これは色々ツッコミ所満載です。

「エグゼクティブ」って何でしたっけ？

まずはエグゼクティブについて。エアによると企業などの上級管理職、経営幹部、重役。転じて、高級、贅沢という意味があるそうです。領主様を迎えるには丁度いいランクの部屋でしょうかね。次は……バージョンアップ魔石10万個じゃないですか！　うう、考えますねぇ。でもバージョンアップするとリゾートホテルなんですよねぇ。なぜでしょう？　リゾートって聞くとウキウキするのは。期待しちゃいます。

しかし次の世界旅行代理店ってなんでしょう？　この感じからすると、この世界で観光するのに役立つ旅行会社でしょうか？　リゾートホテルの限定オプションですからねぇ。きっと、楽しませるものでしょう。

「いかないの～？」

「リルもみたいの」

ん？　ライ君リルちゃんいつの間に？　足元にいつの間にか2人がちょこんといるじゃないですか。

「今日はハックさんとヒースさんが護衛なんですね」

「お！　ミック坊も来たか」

「ハックさん！　ミック坊はやめて下さいってば！」

「似合うぞ」

「ヒースさんまで！」

いつの間にかミック君も来てましたね。ハックさんミック君を揶揄って遊んでますし、ヒースさんは真面目に返答してますけど。

「ダニエルさん。また新しい施設出来たんですの？」

「おや、キャシーさん。おはようございます。今から見に行くところなんですよ」

「まぁ！　楽しみですね。ウチの旦那様いつも見れなくて悔しがっているんです。自分が居ない時にどんどん設備が整って行くって」

「ああ、ヤンさんお忙しいですからね」

キャシーさんも起きて来たんですね。ダニエルさんとニコニコしながらお話ししてます。この間僕に「ここに来てから楽しい事ばかりですわ」って言ってくれたんですよ。嬉しいですねぇ。

「あ〜！　待ってぇ！　サーシャも行く！」

「サーシャ！　こういう時もしっかりした言葉で言わないと！」

「ジーク、普段は別にいいじゃねぇか」

「ドイルもその口調直せってビニーさんに言われてただろう！」

こちらは商人組の2人ですねぇ。サーシャさんの姿が見えないと思ったらビニーから学ぶ日でしたか。それにしても館内放送が聞こえないくらい僕は考え事してたんでしょう。短時間でほぼ全員集まってきましたねぇ。

「じゃあ、みんなで新たな部屋の見学といきましょうか」

僕の言葉に歓声が上がり、全員でエレベーターに向かいます。

僕がエレベーターを開けるボタンを押すと、全面ガラス張りの内装で、ガラスには木陰の宿の周りの景色が投影されていました。オーナールームと一緒ですね。かなり広く現在総勢11名の僕らが全員乗ってもまだ余裕があります。

シュッとドアが閉まると電子音声で、「3階に向かいます」とアナウンスが流れます。みんなグラン達で慣れているのか音声には驚きませんが、動き出したエレベーターと上がっていく景色に歓声とざわめきが起こります。うんうん、初めて乗ると驚きますよね。

すぐにポーンと到着の合図の音が流れ、「3階エグゼクティブフロアでございます」という音声と共にドアが開きます。開いた先のフロアを見たみんなは感嘆の言葉と驚愕で言葉がない人と反応が分かれています。

そこはエグゼクティブという名に相応しいフロアでした。まず目に入るのは、左側と正面の全面窓ガラスに映し出される風景。窓側には、重厚感のある深い焦げ茶の4人掛けデザインソファーテーブルが3箇所配置されています。センス良く観葉植物も多く配置され、天井から見事なデザインシャンデリアが存在感を出しつつ全体を優しく照らしています。

「うわぁ！　すごーい」

「きれいなのー！」

思わずライ君リルちゃんが走り出すくらいです。２人が走り回っても広い広い。絨毯も茶色にオレンジのデザインで足元まで気を使う徹底ぶり。


左の壁には大型のモニターにコンパクトな受付カウンター。これはもしや……？

僕らがモニターに注目すると、ピッと電源が入り見事な森林の風景と共に声が聞こえて来ます。

『ようこそグランデホテルエグゼクティブスイートへ。このフロアのコンシェルジュ、グランＪｒ．でございます。お気軽にジュニアとお呼び下さいませ』

ジュニアの声に「やっぱりいたか」とみんながざわざわ話し始めます。実際僕もコンシェルジュってわかんないんですよねぇ。ジュニアに話してもらいましょう。

『コンシェルジュとは、ホテルの宿泊客のあらゆる要望に対応する「総合世話係」といった職務を担う人の職種名でございます。このホテルでのコンシェルジュの代表的な仕事は、レストランの手配、観光情報の提供、観光プランづくりの相談、チケットの手配、送迎車の手配となります』

なるほど。将来的に設置されるミニ映画館やレンタカーショップの事も視野に入れているのですね。

おや、走り回っていたライ君リルちゃんが設置された部屋を見つけたみたいです。奥の壁から顔

だけ出しています。

「お部屋あるの」

「中みたいの」

「ライ！　リル！　いい子にしてるって言っただろ！　もう！」

いやいやミック君叱らないでやって下さい。それだけワクワクする作りなんです。まぁ見に行きましょう。

「部屋はどんな感じでしょう？」

「また豪華な感じかしら」

「う～、コンシェルジュってグランさんに教えてもらったのに」

ワイワイ言いながらみんなで移動です。サーシャさんは思い出せなかったのが悔しいみたいですねぇ。頑張って下さい。


ワクワク顔のライ君リルちゃんが待つ重厚感のある黒い扉を開けると、広めのＬ字型通路に等間隔に設置されたウォールライトが優しく内部を照らしています。中に入り通路の先のドアを開けると、壁一面のガラスから入る陽の光に照らされた明るいリビングが僕らを迎えます。

リビングにはカタカナのコの字型ソファーに真ん中にローテーブル。オフホワイトの壁には大型モニターが設置され、通路側の壁際にはワインセラーが設置されています。

「このソファー凄い！　柔らかい！」

「きもちいいのー」

と、はしゃぐミック君とライ君リルちゃん。

「このワイン飲んでいいのか？」

「だって飲んで下さいと言わんばかりに置かれてるぞ」

おや、ヒースさんとハックさんは、どうやらテーブルの上にあるウェルカムワインを見つけたみたいですね。飲んで大丈夫ですよ。

「このワイン希少なエヴァンス地方の赤ワインじゃないですか！」

「あらぁ、ダニエルさん他のワインも凄いです。ブルガレアの白ワインもありますよ」

「何と！　あの幻のワインがここに!?」

ダニエルさんとキャシーさんはワインセラーの中身に驚いています。そういえば、コンビニに『月刊クイーンズワイン』って雑誌ありましたね。キャシーさんもしかして愛読者ですか？

「うわぁ！　おっきいベッドが2つあるよ！」

「このベッドかなり手触りが良いリネン使ってる」

「これグランさんが言ってた『アッカド』ってところで作ってるやつじゃないか？」

サーシャさん、ジーク君、ドイル君はリビングの隣り、間仕切りで仕切られた寝室にいるようですね。ウォールライトに優しく照らされたセミダブルベッドに座ったり、触ったりしています。やはりBタイプはツインなんですね。良かった、良かった。

「こっちはおトイレ！」

「ここはおふろ？」

「うわぁ！　洗面台が２つもついてる！」

いつの間にか来ていたミック君、ライ君リルちゃん。寝室から行ける水回り設備に入っています。

正面に洗い場２つ、右にお風呂場、左にトイレが設置されています。アメニティも完備されていてとてもスタイリッシュな作りです。

うんうん、これなら領主さんも良いでしょうね。と頷いている僕にダニエルさんが近づいて来ます。

「トシヤさん。部屋までこんなに素晴らしいものが設置できるとは心から尊敬いたします。私の宿『ヴィンテージ』をこのホテルの傘下に入れて欲しい程です」

「ダニエルさん、ありがとうございます。光栄ですが、僕の願いは協力です。対等な付き合いができたら嬉しいですねぇ」

「全く……欲の無い方だ。わかりました。私も出来る範囲で協力をさせて頂きます。長いお付き合いをお願いしますよ」

「こちらこそお願いします！」

僕とダニエルさんが握手で親交を深めている周りでは、それぞれ部屋の設備に感動したり、楽しんでいるみんなの姿が。良いですねぇ。これこそ僕の望む光景です。

そして3階で僕らが内覧を楽しんでいる時、1階休憩所では……

「なぁ、何で誰もいないんだ？」

「え？　新しい部屋が増えたんだって。私達も後で行こうって話してたんですよね～。ね、クレアさん」

「そうねぇ。今回は置いていかれちゃったもの。でも案内付きでゆ～っくり見て回るのも良いわよね。ねぇ、ケニーさん」

ようやく起きてきたゼノさんと、休憩所でお茶しながら僕らを待っていたケニーさんとクレアさんがこんな会話をしていたそうですよ。

この後、戻って来た僕はこの2人に捕まり、もう一度エグゼクティブフロアに行く羽目に。その様子をダニエルさんは笑顔で見送って下さったのでした。


……女性に捕まると長いんですよねぇ。

3章 商業ギルドを歓待しましょう

いやぁ、エグゼクティブスイートツインになったオーナールーム。控えめに言っても最高でした！　あの寝心地の良さ、一度体験したらもう駄目ですよ。人間生活レベルを上げるともう戻れないって本当ですねぇ。

あ、ライ君リルちゃん達も大喜びでしたよ。何よりライ君達の日課に朝の子供番組が組み込まれました。えーと題名は『グリム一家の開拓記』でしたっけ？　船が難破して無人島に漂流した一家の無人島生活を描いたものでしたねぇ。僕は某名作劇場思い出しました。

余談ですけどＷｉ－Ｆｉが開通し、漫画喫茶が設置されてからというもの、グラン達が遊んでＴＶ番組を編成するようになったんですよ。

ニュースもあります。これ誰がキャスターだと思います？　勿論ファイなんですけど、ファイがかっちり頭を固めてメガネをかけたキャラだとは知りませんでしたねぇ。内容は今日の亜空間ホテル情報です。設置された設備の紹介、最近の出来事、今日のライ君リルちゃん。遊んでますねぇ。

当然ビニー専用ショッピング番組もあるんですよ。新商品の紹介から商品の使い方、新入荷雑誌から調理方法、今月のピックアップまで。結構ガレムさんチェックしてるみたいです。そういえば、映像化されたビニーは某マッチョな黒人さんみたいな姿でした。

キイとティモは料理番組担当。勿論、喫茶店最新メニューやビュッフェの本日のメインメニューの紹介。たまに、綺麗なエルフのキイと恰幅の良いシェフ姿のティモが2人で楽しく料理対決する時もあるそうです。勿論リーヤ、ゼンさん、ミック君がチェック済みです。ダニエルさんも見ていましたね。

因みに、ジュニアの番組は《ミニ映画館》や《世界旅行代理店》が設置されたらあるみたいですよ。旅番組や映画紹介でしょうかねぇ。楽しみですよねぇ。

そろそろ着替えてご飯に行きましょうか。さぁ、ライ君リルちゃんTVはおしまいですよ。

「ごはんなの？」

「キイさんのところいくの！」

僕の言葉ですぐに切り替える2人は良い子です。2人の言うように今日はキイの朝食を食べに行きましょうか。

みんなで支度をして、オーナールームを出ると……

「トシヤ君！　なんて丁度良い！」

正面フロントにサムさんが居ました。どうやら僕を呼ぼうとしていた所だったみたいです。

「あ、おはようございます。どうしました？　サムさん」

「うん、ちょっと頼みたい事があってね。あ、ご飯食べに行くなら僕も一緒にいいかい？」

「勿論です。ご一緒しましょう」

という事で、サムさんも一緒に行く事になりました。「ライ君リルちゃんもおはよう」というサムさんに元気に挨拶する2人。いいご挨拶です。


4人で2階GREEN　GARDENに着くと、キイとミック君の挨拶が僕らを迎えます。テーブル席に4人で座り、ミック君が朝食を持ってきてくれます。手慣れてきましたねぇ、ミック君。

食事の後に話をしようと提案するサムさん。美味しい食事と共に話題になったのは、サムさんの日常話。亜空間通路《ターミナル》が出来てからというもの、このホテルを拠点にしているそうですよ。

「ご飯も美味しく、疲れも取れるなんて最高だよ！」

笑顔で満足そうなサムさん。大浴場や漫画喫茶も利用しているみたいで、毎日時間が足りないそうです。うんうん、わかります。あっと言う間に時間がすぎるんですよねぇ。

そうそう、エグゼクティブスイートフロアと部屋も見てきたそうですよ。サムさんはあのランクに泊まれるようになりたい、と熱く語ってました。今あるのはビジネスホテルBタイプの年間パスポートですからね。ふふふ、僕らは既にその部屋で暮らしてますからねぇ。ちょっと優越感です。

そうして楽しくご飯を食べ終わる頃、ミック君がそれぞれに食後のコーヒーとジュースを運んで来てくれます。一口コーヒーを飲んだサムさんが「実はね……」と話し出した内容は……

「亜空間通路《ターミナル》にレンタルオフィスと貸店舗を設置してくれないかい？」

どうやらサムさんによると、明日の朝から商業ギルドの上役のメンバーが来館する予定だそうです。その中の1人、経理部門のジョンさんに何としても亜空間商業ギルド支部の設立を承認して欲しいそうですよ。サムさん、諦めてなかったんですねぇ。でも僕もレンタルオフィスや貸店舗がどんな状態なのかは気になりますし……

「ん～、承認に関しては何とも言えませんが、確かに確認はしておきたいですね。では今日は亜空間通路《ターミナル》の増設と行きましょうか」

僕が承諾すると「やった！」と喜ぶサムさん。

「出してもらえば絶対納得すると思うんだ！」

サムさんかなり強気ですが、どうでしょうねぇ。

今回は亜空間通路《ターミナル》ですから、先触れは要らないですよね、と考えてサムさんとGREEN　GARDENを後にします。ライ君達はそのまま残ります。今日はライ君リルちゃんもキイからお勉強を教わる予定なんですって。うん、みんな頑張って下さいね。

そして休憩所で寛いでいた今日の護衛のテラの4人に伝えると、全員ついてくる事になりました。更に、グランにビニーに繋いでもらってサーシャさん、ジーク君、ドイル君にも後学の為に誘うと、喜んで来る3人。……ビニー、一体何教えていたんですか？　気になりますねぇ。

さて、総勢9人で今のところ2つの扉があるだけの亜空間通路《ターミナル》に着きました。では、やりましょうかね。

「エア、レンタルオフィス&貸店舗の設置をお願いします」
『畏まりました。【亜空間通路設備《ターミナル》】よりレンタルオフィス&貸店舗をMP6万を消費して設置します』

エアが話し終えると、部屋が光に包まれていきます。みんなは慣れてきたのか既に目を閉じていますね。僕も目を閉じて『設置完了です』というエアの声で目を開けてみると……

扉がある部屋の先が大きな広い通路になっています。右の壁側に貸店舗、左の壁側に全面ガラス張りのレンタルオフィスが設置されています。そして広い通路は160センチ程の天然のグリーンフェンスで仕切られています。
『この空間はレンタルオフィスと貸店舗用通路になっております。この空間は増設する度に、通路が長く大きくなっていく設計でございます。またレンタルオフィスは外からは中が見えないガラス設計となっておりますのでご安心下さい。貸店舗も現在扉が全面開放になっておりますが、収納式引き戸扉がございますので、ご不在の時に施錠も可能でございます。どちらから内覧致しますか？』

エアの問いにレンタルオフィスからとお願いをするサムさん。みんなも異論はないようですね。

ではサムさんご希望のレンタルオフィスから見ていきましょう。

レンタルオフィスの黒い木目調の引き戸扉にはカードキーが付いていますが、今回はオーナー権限でエアにロックを解除してもらいます。このカードキーはパスポート申請機から出てくるそうですよ。

そして扉を開けると、2人用受付デスクが設置されていました。受付デスクの後ろの壁にはモニターもついています。ここでまずは用件を伝えるわけですね。

更に受付の右横に奥へ行く通路があります。その先へ進むと広い開放的な空間が広がっています。手前には応接や休憩に使える丸テーブルと1人用ソファー4脚がワンセットで3セット設置されていました。壁際の棚上には全自動コーヒーメーカーと全自動ティーメーカーを設置。各カップやソーサー等の備品が棚の内部に準備されていますね。

「うおっ！　面白え、ちゃんと1杯ずつ淹れる事出来るんだな」

「へえ、紅茶の種類もあるじゃん」

スレインさんと、グレッグさんは早速珍しい全自動コーヒーメーカーとティーメーカーに釘付けです。あ、これ補充も全自動なんですね。なんて楽なんでしょう。

「これは嬉しいなぁ！　個室3部屋あるじゃないか！」

左側に設置された個室に喜んでいるのはサムさん。各個室に広めの1人用ビジネスデスク、ビジネスチェアが設置されていて、書類を置く大きめの壁棚もついています。そして勿論パソコン付き。

これは役職者には必要な空間ですよね。

「こうやって向かいあって座って仕事するの？」

「必要な事すぐ相談出来ていいと思うよ」

「だな、結構確認する事も多いからな」

応接や休憩に使えるスペースの奥には、間仕切りの観葉植物を隔てて、向かい合わせに設置されたデスクとチェアが8席。そこに座ってサーシャさんとジーク君、ドイル君が話し合っています。勿論各デスクにパソコンが1台ずつ付いていますよ。

「へえ、ミニ会議室ってとこだな」

ボルクさんがそんな感想を溢しているのは、サーシャさん達の奥にある更にガラス張りのミニ会議室。壁にはモニター、10人用長テーブルにチェア。プロジェクター、業務用複合機も完備されています。

「……俺には小さいな」

ジェイクさんが見ているのは右壁側に設置されたトイレです。男性用、女性用各1つずつ。多目的トイレもありますから、ジェイクさんは多目的トイレを利用して下さい。あなたがデカいんです。とまぁ、大体こんな感じですね。部屋の所々に観葉植物があり、色合いもシックで落ち着いて仕事が出来そうな環境ですね。

エアによると、空調も温度も防音も常に適正に作動されているそうです。これは管理MP取られないんですね。あ、レンタル料金から引かれる？　これまた不思議な仕組みですねぇ。

「トシヤ君！　これだけ設備が整った環境で仕事ができない訳がないね！　しかもまだ亜空間通路《ターミナル》設備は増えて環境は良くなっていくんだ！　良いジョン対策になったよ！」

サムさん大喜びですねぇ。うんうん、喜んでもらえると出した甲斐があるってものです。まあ、レンタル費用についてはジョンさんが来た時に説明すれば良いでしょうか。え？　そこが大事ですって？　大丈夫。サムさんには伝えてますよ。

大体見終わって、応接・休憩スペースにみんなが戻ってきたので、そろそろ貸店舗を見に行きましょうか。

ジーク君、ドイル君の目が早く行きたいって言ってますからね。

さて、貸店舗はどんな感じでしょう？

「なぁ！　ここにタオルやリネンを置く棚があってもいいな！」

「ドイル、ここなら石鹸、シャンプー、トリートメントも置いた方がいいよ！」

「じゃ、こっちにはワイシャツだな！」

「下着をビニーさんから仕入れようか、いやでも……」

貸店舗に着くと、未来の自分達の店に思いを馳せたドイル君、ジーク君が、何もない空間ではしゃいでいます。サーシャさんもそんな2人の側で一緒になってはしゃいでいますねぇ。

「わかるなぁ、楽しいんだよね。自分達で店を作るって」

サムさんがそんな2人の様子を温かい目で見ています。商業ギルド長として、ギルド員が店を持つのは嬉しいそうですよ。サムさんもこの仕事本当に好きなんですねぇ。

みんな満足の貸店舗ですが1階は奥にカウンターがあるくらいで、ガランとした空間のままなんです。でもしっかりとしたタイル床に、天井と壁紙は白を基調とした清潔感がある店内です。

照明はシーリングライトが設置されていて、カウンター裏に男女共用個室トイレ、洗面所、更に大きな扉があります。大きな扉の先は倉庫ですね。かなり大きいと思ったら、エアによると空間拡張がかかっているらしいです。そして2階もあり、階段を上ると1階と同じ内装でまだ何もありません。

でもジーク君もドイル君も本当に楽しそうに配置予定を立てていきます。なぜなら、僕がこの店で僕のホテルの商品の販売を2人に提案したんですよ。初めて出来た貸店舗はやっぱりジーク君ドイル君に任せたかったんですよね。そうしたら、弾けた2人の熱い思い。

実際に夢が実現した瞬間に立ち会えたようで、みんながニコニコしながら2人を見守っています。

「なぁ、トシヤ。この2人の店が営業を開始出来るのってまだ先だよなぁ。出張扉を他の商業ギルドに設置する事が先だろ？」

「いや、その前に領主に許可をもらわないと設置出来ないよ」

スレインさんが嬉しそうに話している2人の姿を見ながら、僕に問いかけます。僕が答える前に、同じように2人を見ているサムさんが答えてくれました。

「なら、俺らに出来る事って、トシヤを安全に他の街の商業ギルドまで届ける事だけか？」

「なんだ？　スレイン珍しいな、お前が進んで何かしようとするなんて」

「別にいいだろ、グレッグ！　あの姿見たらさ、協力したくなったんだよ」

スレインさん、グレッグさんに突っ込まれて少し照れながら本音を話します。

「まぁなぁ、その気持ちはわかる」

「俺らにも出来る事ってもっとねぇかなぁ」

グレッグさんとスレインさんの会話を聞いている、ボルクさんジェイクさんも同じ気持ちなんでしょう。腕を組んで何かを考えています。すると、エアが話し出しました。

『……オーナー、亜空間通路《ターミナル》のバージョンアップを提案致します。すると、オーナーの魔力が上がる予定です。その後限定オプション店のレンタカーショップ（亜空間外走行可）ＭＰ10万を開放し設置させて頂けないでしょうか？』

エアがバージョンアップの先を話すのは珍しい事です。これは理由がありますね。

「エア、何をしたいのか教えてくれますか？」

『レンタカーに出張扉を固定し、護衛の皆様に先行して頂けたらオーナーが動かずとも各領の商業ギルドへ移動が可能だと愚考致しました』

そうか！　レンタカーなら機動力がありますし、レンタカー内部に出張扉を固定すれば、以前スレイプニル馬車でやった事と一緒ですからね！

「なるほどな。トシヤは安全な亜空間にいたまま、危険な道中は俺らが動くって訳か」

「いいじゃないか。むしろ本業だ」

エアの考えにすぐに理解を示したボルクさんとジェイクさん。

「なぁ！　サムさんよ！　繋げる予定の商業ギルドって一体何処なんだ？」

「ええとね。辺境伯の領地のフィフスの商業ギルド、ダンジョンのある街ディゼラの商業ギルド、クオーク海近隣の街シームズの商業ギルド。あと、個人的にエヴァンス、ブルガレアがいいなぁって思ってるんだ」

「いや、サムさん。あんた希少ワインにまで手を伸ばすのかよ」

「あれが流通しないなんて宝の持ち腐れだと思わないかい？　だって味が移動中に落ちるからって一切地元から動かないんだよ！」

スレインさんからの問いに、スラスラ答えるサムさん。最後に入った本音にはグレッグさんがツッコミを入れています。

でも設置予定地が凄い！　辺境伯のある地には確かAランク冒険者パーティがいる筈だし、何よりダンジョンですよ！　ダンジョン！　これは繋げなければいけないところでしょう！　それにクオーク海っていったらあの美味しい海老が取れる場所！　海ならば塩の流通もあるでしょうし必要ですよね！

正直エヴァンス、ブルガレアはわかりませんが、美味しいワインの地には美食あり（僕の持論です）これは期待持てますよ！

今度は賑やかになった僕らの様子に、ドイル君、ジーク君、サーシャさんが不思議そうにこちらを見ています。

ハッ！　でも待って下さい！　まずはバージョンアップして本当に僕の魔力が上がるのか確かめないといけません。

「サムさん！　すいませんが魔石をまたお借りしていいですか？」

「待て待て、トシヤこれ使え」

サムさんが答える前にグレッグさんがドサッと魔石を出します。そっか、グレッグさんも小さいけどアイテムボックス持ちでしたもんね。

「えーと、これ幾ら分ですか？　僕今お金が足りませんから、親父さんに頼んでお金作ってもらわないと……」

「ばーか！　これはお前の取り分だよ」とグレッグさん。

「因みに3パーティ分預かってるぞ」とスレインさん。

「俺らお前から貰いすぎてるからな」とボルクさん。

「受け取れ」とジェイクさん。

なんですか？　皆さん僕を泣かせにきてます？　テラのメンバー全員ニッと笑いながら渡してくれた魔石の総数は、エアによると20万個相当。

「くっそ、20万個かよ」

「もっといくと思ったんだけどなぁ」

「秘蔵の魔石出せばいいか？」

「ああ、出しちまえ！　その方が俺らにとっても有益だ」

テラのみんなは不服そうですが、とんでもない！　十分です！

現在の魔石総数112万350個ですよ！　必死に何とか説得して、秘蔵の魔石はいざという時に取っておいてもらう事に。いやいや、皆さん気前良すぎて困ります。嬉しい悩みですけどね。

「さ、エア。亜空間通路《ターミナル》のバージョンアップをお願いします！」

『畏まりました。亜空間通路《ターミナル》に魔石10万個相当消費しましてバージョンアップ致します。これによってレンタカーショップ（亜空間外走行可）が開放され、オーナーのステータス値も上がりました。情報を開示致します』

エアの画面に開示された情報は……

【名称】亜空間通路《ターミナル》
【バージョンアップ】０／10万（魔石）
（第２亜空間通路《ターミナル》）ＮＥＷ！＊《世界旅行代理店ＭＰ10万》設置後開放可能。
【限定オプション店】クリニック・薬局　ＭＰ９万
レンタカーショップ（亜空間外走行可）
宅配センター（亜空間外出荷可能）ＭＰ12万　ＮＥＷ！＊第２亜空間通路《ターミナル》開放後設置可能。
【亜空間通路《ターミナル》管理機能】１日消費ＭＰ１７００
【ステータス】
トシヤ　(19)　男
ＨＰ　　６００

ＭＰ　　　30万／30万
スキル　　生活魔法
ギフト　　亜空間ホテル
称号　　　異世界からの来訪者

うわぁ！　何だかまたツッコミ所満載です！　第2ターミナルですよ！　宅配センターですよ！

……それにしても僕のＨＰってそんなに上がらないのですねぇ。でもＭＰが30万は素直に嬉しいですけど。

「エアの言う通りでした！　魔力上がりましたよ！」

興奮する僕。

「お！　やった！」

「凄えな、その数字」

「トシヤだもんな」

みんなも反応してくれるのですが、何となく複雑なのは何ででしょう？

ともかく設置しましょう！

「エア、レンタカーショップの設置をお願いします！」

『畏まりました。ＭＰ10万を消費しましてレンタカーショップ（亜空間外走行可）を設置致します』

エアの言葉に全員目を閉じますが……おかしいですねぇ。光が来ませんよ？

『レンタカーショップ設置致しました。皆様移動をお願いします』

目を開けて貸店舗を出ると、扉がある部屋とレンタルオフィスの間に広めの通路が出来ています。

通路の奥には空港でよく見るレンタカーショップの受付ができています。

ええと看板には『グランデターミナルレンタカーショップ』とありますね。

後ろには大手レンタカーのマークがありますが……ってええ!?　これ勝手に良いんですかね？

有名メーカーと海外メーカー取り揃えているじゃないですか！

「なぁトシヤ、凄え長いTVあるぜ。あれってさ……」

スレインさんが指差す先には長いカウンターの後ろに、これまた横に長いモニターがあります。

あ！　まさか……と思っていたらピッとモニター画面が起動し、広い草原を軽快に走る姿のSUVの映像が流れるじゃないですか！　そして当然……

『いらっしゃいませ！　ようこそ！　グランデターミナルレンタカーショップへ！　オーナー、私に名前をつけて下さいませんか？』

初期電子音声で僕に名前をお願いしてくるAI。やっぱりいましたねぇ。そしてまた名前問題復活です。

「なぁ、なんてつけると思う？」

「トシヤだろ、また2文字だな」

「あ、俺3文字！」

「……4文字」

「お！　こりゃ久々に賭けるか？」

いや、あのテラの皆さん、遊ばないで下さいよ。本当に苦手なんですって。そういえば僕、運転免許証は持ってたんですよね。学生だから車はなくて身分証代わりですけど。え？　身分証なら学生証があるって？　いいんです！　運転と車には夢と希望が詰まっているんですよ！

ってどうでもいい事は置いといて、そうですねぇ……

「じゃ、レンでどうですか？」

『オーナーありがとうっす！　改めてレンっすよ！　宜しく頼むっす！』

流暢な言葉使いになったのはいいとして……どうしましょう。また違うキャラが出て来ました。修理工場で働いている人が着ている繋ぎ服を着て、キャップを被っている元気の良さそうな青年がモニターに映っています。

あ、なんか後ろでボルクさんが「俺の勝ちだ！」って喜んでます。何賭けたんでしょうね？　というよりも気になる事が。

「ええとレン。例えば領主様や貴族に対応する時もその姿ですか？」

僕が聞くと、一瞬にしてパリッとしたスーツを着こなし、前髪を後ろに流して固めたビジネスマンの姿のレンに変わります。

『そちらは大丈夫です。状況に応じて対応させて頂きます。……でーも普段はこっちっすね！』

一瞬で繋ぎ服に戻ったレン。いや、状況に合わせてくれるなら良いですけど。って僕ってやっぱり日本人なんですねぇ。変なところにこだわります。

「さてレンの詳細を教えて下さい」

『畏まり！　モニターを見て下さいっす』

気の抜けるレンの声を聞きながらモニターを見ると……

《グランデターミナルレンタカーショップ設定》

【名称】グランデターミナルレンタカーショップ
【バージョンアップ】０／１００万（魔石）
【教習所管理機能】１日消費ＭＰ５０００
【車体清掃・メンテナンス・修理】毎朝全車両　ＯＮ／（ＯＦＦ）ＭＰ３５００

《取り扱い車種》
軽自動車、エコノミー、スタンダード、ＳＵＶ、ミニバン、コンバーチブル（オープンカー）、高級車等。

《レンタル料金》
軽自動車　３５００ディア～／６Ｈ

エコノミー	4000ディア～／6H
スタンダード	4500ディア～／6H
SUV	7500ディア～／6H
ミニバン	6500ディア～／6H
コンバーチブル	1万7000ディア～／6H
高級車	2万ディア～／6H

これまたツッコミが入ります。え？　教習所ってなんです？　僕の運営MPも跳ね上がりますし、どうやって時間で戻ってくるんです？　これはレンに話してもらいましょう。

『基本ウチのレンタカーには簡易AI搭載で自動操縦モードが付いてるっす。カーナビに位置情報を登録さえすれば自動で運転し戻ってくる仕組みっすね。でも時間が過ぎても戻さない場合、強制キャンセルかかるっすから車体が消えるっす。その場合、人が乗ってたらその場に置いていかれるっすね。当然レンタルした当人は出禁っすわ。で、運転したい人は教習所で1日練習してもらうっす。これは初回限定のみ無料っす。大概ここで乗りこなせると思うっすよ。ATモデルだけっすから。万一2日目に練習するなら5000ディア貰うっすね。こんな感じっす。乗ってみないっすか、皆さん』

レンが言い終わると、受付カウンターの横に通路が設置されました。みんなの方を振り向くと……ああ、みんなやりたそうな顔してますねぇ。

レンにお願いし人数分の練習車を用意してもらいますか。ん？　サーシャさんはまだ早いので、僕と乗りましょうか。

ワクワクしているみんなと通路を歩いて行くと……あれ？　ここ亜空間ですよね？

通路の先は、青空の下広い草原や山道が広がっています。レンによると空は投影しているそうで、地面は現地に合わせて出現するそうです。そうなると車種は……

「おおー！　カッコイイじゃねえか！」

「へえ！　これが動くのか？」

「……俺でも乗れるか？」

ガチャッバタン！

「ってトシヤ君、ボルク君もう乗っちゃったよ？」

「なぁ、ジーク！　どっちが先に慣れるか競争しないか？」

「へ〜、面白そう」

もう、皆さんバラバラに……って全員乗り込んでしまいましたか。

「トシヤお兄ちゃん、乗らないの？」

ああ、サーシャさん。じゃあ、後ろに乗って下さいね。

「はーい！」

うん、良い返事です。しかし、説明無しで乗れる皆さん凄いですよねぇ。まあ、車のＡＩが説明してくれますから、当然ですか。皆さん、車種が気になりますよね。なんと！　高級ＳＵＶですよ！　贅沢でしょう。

レンによると……

『搭載されるエンジンは3．6リットルのV型6気筒エンジン。この車両の主力となるパワーユニットっす。自然吸気エンジンっすから、低回転から高回転まで気持ちのよいフィーリングを味わうことができるっすよ。オフローダーでありながらラグジュアリーな車内空間を合わせもつ贅沢な1台っす』

うーん、凄いですねぇ。しかもこれ本当にでっかいんですよ。だからジェイクさんにも対応できるんですね、と考える僕の後ろからはサーシャさんの楽しそうな声が。もっと楽しませる為に、僕も運転してみましょう！


……いやぁ、皆さん凄いですねぇ。あっという間に乗りこなしています。僕の後部座席ではサーシャさんが「うわぁ！　景色が流れるぅ！」と喜んでますし、目の前では見事なコーナリングを披露するボルクさん。

悠然と運転をする姿が似合うジェイクさんに、草原で競争をするスレインさんとグレッグさん。あ～……やっぱりあの2人レンに強制キャンセルされてます。うわぁ！　僕の車の方に来ないで下さいって！　……ええ？　もうやらないからもう1回チャンスをくれ？　仕方ないですね、チャンスはこれっきりですよ。

さて、サムさんは……おお！　正にオフローダーの真髄、山道チャレンジですか。いやぁカッコイイ！　ジーク君、ドイル君も必死になって運転練習していますね。うんうん、これなら他の皆さんも運転できそうですね。そして運転練習後の皆さんは……

「トシヤくん！　これは面白いし、移動の幅が広がるよ！」

サムさん興奮してますねぇ。

「めっちゃカッコいいな！　車って！」

「わかる！　しかも運転って車との一体感が凄え！」

こちらは車自体にハマったスレインさんと運転にハマったグレッグさん。

「あの車の性能が良いな。だが他にも車種はあるんだろう？　練習でも選べるのか」

既に2回目に行こうとするボルクさんもいます。

「俺乗ると後ろが狭いかもな」

まぁ、何気に足の長いジェイクさんですからね。

「楽しかった！」

「あれあるだけで移動楽しくなるな！」

うんうん、少年の顔を見せるジーク君にドイル君は満足したみたいです。サーシャさんは楽しかったと笑っています。乗っているだけでも面白いですからねぇ。良いですねぇ。準備は整いつつあります。あとは領主の許可が必要ですか！

「トシヤ君！　まずは明日のジョン達を頼むよ！」

とサムさんに言われて、そういえばと思い出す僕。それでは明日は商業ギルドの皆さんの歓待ですね。頑張りましょうか！　……ところで、明日も早いのですか？　サムさん。


はい、皆さん、おはようございます（小声）。え？　なんで小声なんですって？　それは勿論ライ君、リルちゃんを起こさない為ですよ。今の時刻は朝の4時頃ですからね。まだだれも起きてないでしょうけど……おや？　起きてましたねぇ。

オーナールームを出ると今来館したのか、木陰の宿の女性陣が靴を履き替えています。

「おはようございます。皆さん今日も朝風呂ですか？」

「トシヤ兄！　珍しいね。この時間に起きてるなんて」

朝から元気ですねぇ、エルさん。

「あらあら、どうしましょう？　雨が降るのかしら」

いや、そこまで珍しい事じゃないですって、カルナさん。

「あら？　今日商業ギルドのジョンさん達が来る日じゃなかった？」

メイさん流石情報通ですねぇ。ん？　ゼンさんから聞いた？　そのゼンさんは？

「お父さんはまだ寝てる。今日は宿の休養日だから」

そうでしたか、フランさん。お疲れ様ですねぇ、ゼンさん。ん？　休養日？

「あれ？　休養日なのにこんなに朝早く来館なんですか？」

僕の質問に顔を見合わせてにっこりする女性陣達。

「だってトシヤ兄！　やっと存分に遊べるんだよ！」

「そうよねぇ。満足するまでゆったりと時間を気にせずここで過ごせるのよ」

「メイ姉の言う通り。どれだけこの日を待ち侘びたか！」

「あらあら、フランちゃんったら。漫画喫茶で読み尽くすんだって言ってたものねぇ」

「お母さんだって、キャシーさんがハマっていた悪役令嬢もの見れるって言ってたじゃん」

「あらあら、私はライちゃん、リルちゃんとゆっくり過ごせるのも嬉しいのよ」

おや、今日はライ君リルちゃんも家族で過ごせるのですね。これは家族団欒を邪魔しないようにしましょうか。

「ところでトシヤ兄は何で早く起きて来たの？」

「ああ、僕は商業ギルドの皆さんが来る前に亜空間通路《ターミナル》の増強をしておこうと思いまして」

エルさんの質問に今日も目的を話すと、カルナさんとフランさんが乗り出して来ます。

「あらぁ、新しい施設ね。それも後で見に行こうとみんなで言っていたのよ」

「グランさんの仲間増えたんだよね！　しかも面白いってサーシャが伝えにきたの」

サーシャさんレンタカーショップの事、伝えに行っていたんですか。あの後ミック君ちょっと拗ねていたんですよね。「僕だって行きたかったのに」って。今日皆さんが行くのであればキイとグランにミック君とサーシャさんもお休みの日にするように頼みますか。家族団欒も福利厚生の一環ですし。

ワクワクしている木陰の宿の皆さんに「ゆっくり楽しんで下さい」と伝えて僕は目的の亜空間通路《ターミナル》に向かいます。ガチャッと亜空間通路《ターミナル》扉を開けると、丁度商業ギルド側の扉もガチャッと開きます。おや？　こんな早くにサムさんですか？　……いや、違いますねぇ。サムさんは現在ホテル住まいですし、知らない男性３人が入って来ましたし。誰でしょうねぇ？

「おはようございます」と僕が声をかけると驚いた様子の３人。そのうちの１人、シルバーグレーの髪のナイスミドルが僕に声をかけて来ます。

「おはようございます。驚きましたな、もう起きてらっしゃるとは。お初にお目にかかります、トシヤ様でいらっしゃいますかな？」

「はい、初めまして。グランデホテル兼亜空間通路《ターミナル》のオーナートシヤと申します」

「これは失礼致しました。私は副ギルド長のベックと申します。一緒にいるのは受付、営業担当のまとめ役のビル、経理担当ジョンでございます」

ベックさんの紹介のタイミングで頭を下げる２人。茶髪で人当たりの良さそうなニコニコ顔がビルさんで、黒髪メガネで難しい顔をしているのがジョンさんですね。うーん、これは手こずりそうですねぇ、サムさん。そう考えていた僕を上から下までじーっと見ていたジョンさんが声を上げます。

「そもそも、私は反対していたんですよ！　いくら設備がいいと言っても、こんな商売の事を何1つわかってなさそうな男に商業ギルドの支部とはいえ1つ委ねるなんて……」

おおう……痛いところを突かれましたねぇと苦笑していると、いきなりジョンさんの姿が消えました。これには流石に「「は？」」「え？」と声をあげる僕ら。

『オーナーに害する存在とみなしましたので、強制チェックアウトをさせて頂きました。以後入室禁止となります』

なんと！　グランがうむを言わさずジョンさんをチェックアウトしました！　ウチのセキュリティは万全ですが、いささか対応が早すぎるような気がしますねぇ。

『オーナーに対する非難は許しません』

そんな僕の考えを読んだのかきっぱり告げるグラン。嬉しいようなちょっと過剰なような……。

このなんとも言えない空気の中。

「……ぶっ！　ワッハッハッハ!!」

「あはっ！　あのジョンの顔！」

ベックさんとビルさんがいきなり笑い出しました。ん？　なんでしょう？　こうなるのがわかっていたような感じは？

「いやぁ、すまない。ああ、トシヤ君と呼ばせてもらっても良いかな？」

未だ笑いながら僕に聞くベックさん。僕が了承すると理由を教えてくれました。

「ウチのギルド長がこの空間ではトシヤ君を害する事は出来ないし、暴力沙汰や脅しなども一切できないと言うものだから、悪いと思ったが試させてもらったんだ」

「本当に申し訳ない。ええと、グラン君といったかい？　ジョンは演技しただけなんだ。申し訳ないがまた入館させてやってくれないだろうか？」

ベックさんの言葉にビルさんが補足して話してくれました。ふむ、そう言う事でしたか。グラン、ジョンさんの入館を許可して下さい。

『仕方ありません。今回のみ許可致します』

グランが渋々許可を出し扉を開けると……

「うわあああ！　良かったあああ！　私本当にもう入れないかとおもいましたよおおお！」

先程とはまた違った泣き顔のジョンさんが入って来ました。ああ、こっちが本当のジョンさんなんですね。

ようやく話を聞くと、どうやらサムさん抜きで事前に下調べをしようと早朝に動き出した3人。更に今日僕に会った時にこの件についても検証しようと、公平にくじ引きでこの役割を決めてきたそうですよ。いやいや、何してるんですかねぇ。そして余りにも早く僕に会った為、急遽演技に入ったジョンさん。で、グランに強制キャンセルされて今に至るそうです。

「こんな面白そうな施設にずっと入れないかと思ったら、一瞬本気で2人を恨みましたよ」

ジョンさんが涙を拭きながらベックさんとビルさんを睨んでいます。「まぁまぁ」「悪かった、悪かった」とカラカラ笑いながらジョンさんに謝る2人。ジョンさんいつもこんな感じでイジられてそうですねぇ。

「で、トシヤ君はなんでこんな朝早くに？」

ビルさんが質問してきたので、今日皆さんを迎えるために、更に設備の増強をしておこうと思った旨を話すと、「それは是非ご一緒させて下さい！」と3人から前のめりでお願いされました。珍しいでしょうからねぇ、とのんびり構える僕。じゃ、早速やりましょうか。僕の魔力量増えましたからね！

「エア、亜空間通路《ターミナル》にオープンラウンジ、自動販売機コーナー、大型トイレ、レンタル多目的ホールの設置をお願いします」

『畏まりました。オープンラウンジ、自動販売機コーナー各種、大型男女別トイレ、レンタル多目的ホールを設置致します』

エアが話し終わると、光り出す亜空間通路《ターミナル》。「うおっ！」「うわ！」「おお！」と1人なんか反応が違いますが、驚く3人。そういえば目を閉じて下さいって言うの忘れてましたねぇ。呑気にそう考えていると、光が収まり全体が見えてきます。

凄い！　と興奮するジョンさんに、ベックさんはどうやらこの状況に戸惑っている様子。ビルさんはサムさんから僕の力を聞いていたんでしょうね。何やら「おお……」と感動してます。

流石の僕も一挙に出した事はなかったので、思わず「ふわぁ！」と変な声を出してしまいます。

目の前には更に広くなったレンタルオフィスと貸店舗通路。通路の真ん中にオープンラウンジが出来ています。ラウンジの両端は腰の高さまでの天然のグリーンフェンスで仕切られ、ラウンジ内は空港の通路にある休憩所のような椅子の設置になっています。

オープンラウンジ入り口は4箇所あり、そのうちの奥側に自動販売機コーナーが設置されています。この場所、待機場所や待ち合わせにも良いですねぇ。

更にラウンジの奥には大型トイレが設置されて、トイレの左側には更に奥へと繋がる通路が出来ています。そこがレンタル多目的ホールですかねぇ。1つずつ見ていきましょう。

「まずは今設置されたものの確認からで良いですか？」

僕の提案に3人は快く了承してくれます。その中でも「さあ！　いきましょう！　さあ！」とグイグイ僕を引っ張る意欲的なジョンさん。こういう新しい設備が好きなんでしょうかね。

まずはオープンラウンジ。座り心地の良いソファーに座り「うーん、素晴らしい」とベックさんが寛いでいます。マッサージチェアには気持ち良さそうに寛ぐジョンさん。自販機前で唸るビルさんは、1つ1つ丁寧にチェックしています。3人にそれぞれ満足いくまでオープンラウンジを試してもらった後は、トイレのチェックです。「こんなに綺麗なところがトイレなのか……？」と洗面台に手をつきながら大きな鏡に驚くベックさん。

「個室がこんなにあれば、ギルドのトイレも混まないのに」と残念そうなビルさん。

「いやぁ！　使い心地も最高ですよ！」とジャーッと水を流して個室から出てくるジョンさん。それを見て2人とも試しにそれぞれ個室に入って行きます。うん、防音防臭いい働きしてますね！

そして女性ギルド員の為に女性用もチェックしておきたいというベックさん。みんなで見に行きますと、なんでしょう……女性用の方が更に綺麗でセンスがいいんですよ。パウダールームを見た時のビルさんなんか「駄目だ……こんないいところ受付嬢達に見せたら帰って来ない……」と頭を抱えていました。あー……うん、わかります。

そして頭を抱えるビルさんを連れて、次の多目的ホールに向かいます。入った途端に沈黙する3人。まぁ、そうでしょう。ドームのように丸い天井から煌々と照らすライトの数々。白く明るい室内が更に広く感じる大きな窓ガラス配置。窓ガラスには青空が投影されています。床は暖かな木目のタイルが敷き詰められていて、この空間は何にでも対応出来そうですね。

エアによると、正面奥の大きな開閉扉には様々な機材がいつでも使えるようにセットされているそうですよ。うーん、いたれり尽せりですねぇ。と、設置の出来具合に満足している僕に、呆然としていたベックさんが問いかけてきました。

「トシヤ君。この空間の君の構想を聞かせてくれないか？」

ん？　構想ってほどじゃないんですけどねぇ。

「ここは天候も気にせずにいつでも販売活動できますからね。賑わう露天市場になってくれたらうれしいですねぇ。外には店もオフィスという仕事場も順次増設していけますから、多くの人が楽しく快適に商売できるのが僕の夢であり目的ですねぇ。みんなが楽しいと活気が出ますし、経済に良い影響出るでしょうし」

僕の言葉に三者三様考え込みました。

「レンタルって貸し出しの事だよね。トシヤ君の目的に協力するならこちらにも益があるのかい？」

　ジョンさんが更に僕に追求してきます。

「勿論ギルド員が儲かれば商業ギルドにも恩恵はいくでしょうけど、サムさんがギルドに持っていったタブレットや携帯の貸し出しは無料にしますよ。あ、でもレンタルですからね！　そこはお間違いなく。勿論使い方講習付きで。あと、レンタルオフィス、貸店舗に関しても貸し出し料金から4割は引きましょう」

「呼び込んだ商店に対する利点は？」

　ビルさんも更に質問してきます。

「そちらに関しては貸店舗の賃貸料金は毎月3割引きましょう。多目的ホールで露店をする場合は一律1000ディアでいいですよ。市民開放する場合は多目的ホールのレンタル料金はとりませんよ」

　僕の言葉に今度は頭を抱える3人。ん？　どうしました？

「成る程。ギルド長が全面協力するわけだ」

「全くですね、副ギルド長。商売ってものを甘く見てますねぇ」

「ビルの言うとおりだな。これはサポート役が必要だ」

　皆さん苦笑しながら僕を見ています。おや、なんかいい感じですか？　すると、3人が顔を合わせて頷き、代表してベックさんが口を開きます。

「トシヤ君。私達からも言わせてもらおう。是非ともこの亜空間通路《ターミナル》の繁栄に関わらせてくれないだろうか。といっても、もうギルド長がそちらについているけどね。それに私達はまだ、聞いた施設の半分も見ていないんだ。それでもそう思わせるこの施設の今後の展開に多くの光を見た。商売に携わる者として、こんなに興奮したのは久しぶりだ！　是非長い付き合いをお願いしたい」

そう言ってベックさんが手を差し出します。

「こちらこそお願いします！」

勿論僕も喜んで握手をするいい場面だったのですが……

「あー!!　なんでもうみんな居るのさ！　しかも僕より先に新しい施設なんか見て！」

サムさんの乱入により、真面目な雰囲気が吹っ飛びみんなで大笑いです。でもサムさん、ある意味ナイスタイミングです。ここにギルド長が居ないと締まらないですからねぇ。


さて、３人にサムさんも加わり僕が次に案内した場所は……

「ビ、ビル！　ちょっと出し過ぎじゃないか？」

「これくらいは！　平気ですって！」

「トシヤさん、これ強制キャンセルになりませんか？」

「残念ながら車ってこんな感じなんですよ、ジョンさん」

現在僕らはレンタカーショップで、車の無料体験中です。商業ギルドチームは運転したいというのがビルさんだけ。あ、サムさんは相変わらず1人で悠々と運転楽しんでますよ。サラっと５００

0ディア出して先に車に乗り込んで行きました。

ベックさんとジョンさんは自動運転モードがあるならそれでいい、という事で同乗しています。僕も面白そうだったので、同乗させてもらって、高級SUVの乗り心地を体感中。乗り心地はやっぱり最高です！　それにいやぁ、ベックさんとジョンさんの反応が面白いったら。

「あ、危なくないか？」

「うわあ！　ギルド長！　なんて運転を！　割り込んで来ないで下さい！」

後部座席でぎゃあぎゃあ言っている2人に「アッハッハッハッハ！」と笑いながら運転するビルさん。意外にもハンドル操作軽快で、運転上手いですよ。一通り楽しんだ後は、ぐったりした2人とテンションの高い2人に別れた商業ギルドチーム。いやぁ、先にレンタルオフィスと貸店舗の見学していてよかった。ん？　その時の様子ですか？


——レンタルオフィスにて——


「この個室部屋は私とジョンは決定ですね」

オフィス内の個室を見て宣言しているベックさん。

「ちょっとちょっと！　ギルド長である僕の名前がないのはなんでなんだい？」

慌てた表情のサムさんが聞いていますが、それに対して当然でしょう、という顔のベックさんとジョンさん。

「あなたはちょっと目を離すと最近遊んでいますから、私達どちらかの部屋で仕事をしてもらいます」

ベックさんが言う言葉に深く同意するジョンさんの様子に、悲壮な叫び声を上げるサムさん。何やっているんですか……。

入り口の受付カウンターでは、座りながら頭を抱えるビルさんの姿があります。

「誰を配属させるべきか……？　レノがこっちに来るのは痛いが、このメンバーには最適だ……だけど、シャヴィがこれを見て黙っているだろうか……？　しかもセイラはあのトイレを見ると必ずこっちに配属希望を出すだろうし……いや待て、カーラもいたか！　だとすると……」

なんか中間管理職の苦悩を垣間見た感じですねぇ。

ジョンさんはガラス張りの中のミニ会議室のモニターや、複合機に感動してましたし、ベックさんはコーヒーメーカーで実際にコーヒーを作って「これは良い」と飲んでいますし、サムさんは「絶対個室を持つんだ」と何か画策していますし。普通に疑問なんですが、ギルド長と副ギルド長と経理こっちに来て大丈夫なんでしょうかねぇ？　あ、ビルさんは来るだろうなぁ、なんか苦労人ですし。

——貸店舗にて——

「この空間では飲食店は呼べませんね」

「だとすると、うちの街の特産のプランツはどうだ？」

「革製品でもいいですしね」

既に誘致する店舗を話し合うジョンさんとベックさん。仕事熱心です。おや、さっきから心配そうにハラハラした顔でのぞいている2人がいますね。ジーク君、ドイル君大丈夫ですよ。この店はモデルハウスならぬモデルショップとして見ているだけですから。

「凄い広い空間だ！　え？　時間停止機能もついているって？　中に入れる時はこのボタンを解除して、入れ終わったらまた起動させるのか！」

倉庫を見て騒いでいるのはビルさん。現在エアがビルさんの質問に答えています。ビルさん仕入れもやるんですすねぇ。

「トシヤ君、何店舗くらい出す？」

のんびりとした口調で僕の隣りいるのはサムさん。うーん、何店舗でも出せそうですけどねぇ。他の街に繋げた時のことも考えると大きくなりそうです。

「いっその事多国籍商店街を目指してみてもいいんじゃない？」

サムさん面白そうな事を、と乗せられる僕。とまぁ、こんな感じでレンタカーショップへ流れ込みまして、今ここって感じです。ぐったりしているところすみませんが、そろそろ移動しましょうか。

「さて、今度は僕の本業グランデホテルへ招待します。入館者登録はサムさんがして下さってるそうなので、早速こちらで食事をした後、ホテル内をご案内しましょう」

僕が扉を開けて皆さんを歓迎すると、「おお！」とぐったりしていた2人も元気になりましたねぇ。

「今日は何かなぁ」

「久しぶりにワクワクしますね」

サムさんもビルさんもかなり期待していますから、期待にそえるよう頑張りましょう！


「「いらっしゃいませ！　ようこそ亜空間グランデホテルへ！」」

いつものようにサーシャさんとグランの歓迎の挨拶に迎えられる商業ギルドチーム。あれ？　サーシャさんは家族団欒しなくていいのですか？　え？　いつもしてるから大丈夫？　なんて素晴らしいスタッフ精神！　と僕がサーシャさんに感動している横で、いつもの案内に入るサーシャさん。

「皆様本日はご入館キャンペーンとして入浴は無料とさせて頂いております。そしてレンより連絡がございまして、館内案内より先に当館自慢のレストランＯＴＴＩＭＯ《オッティモ》へとお連れするよう承っております。まずは靴を履き替え館内にお入り下さいませ」

ペコリと綺麗なお辞儀をして、皆さんを案内するサーシャさん。どうしましょう。父兄参観で子供が立派に行動している姿に感動した父親の気分です。なんて大きくなって……ホロリ。

サーシャさんの歓迎に満足した皆さんは、館内を楽しみながらレストランに向かいます。そしてレストランに入ると、ティモからも歓迎の挨拶によって迎えられます。

『ようこそ！　グランデビュッフェレストランＯＴＴＩＭＯ《オッティモ》へ！　今日ノメインはクオーク海からサンドフィッシュのムニエルにオークキングのサーロインステーキでございマース！　サラダにデザート、パンも各種トリ揃えてオリマス！　ドーゾゴユックリお楽しみ下さいマセ！』

すっかりお馴染みになった恰幅の良いシェフ姿のティモが、画面いっぱい使って歓迎をしています。かなり遊んでますねぇ。

ビュッフェスペースに入ると、僕とサーシャさんは皆さんにスマート端末を渡し使い方を説明します。あ、サムさん手伝って下さいよ。「僕先行ってるね〜」と慣れたサムさんはサッサとビュッフェ会場に。え？　あの人はそういう人ですよって、ジョンさんも苦労しているんですねぇ。

そして皆さんやっぱり商売人ですよ。

「これはスタレイ産の腸詰では？」とベックさん産地まで特定してますし。

「これで金額はいくらなんですか？　はぁ！　もっと取れるでしょう！」とスマート端末に喧嘩を売るジョンさん。「いやぁ、楽しいなぁ」と1人ウキウキしながら選ぶビルさん。でも説明は全種類させているんですよ。

うーん……皆さんなかなか席に来ませんねぇ。僕はサムさんから先に食べていようと、声がかかりましたし頂きましょうかね。

今日は人数も少ないですし、大広間の隣にある個室に席をとります。この内装も豪華ですよ。高さのある天井にはシャンデリア。壁には誰が書いたんでしょう。見事な森林画が飾られ、色合いも高貴なイメージの赤と白を基調としたインテリアが配置されています。まぁ僕は庶民ですけど、たまにはこんな部屋もいいですね。そんな事を考えながら、サムさんと軽い雑談をしながら食べていると、ようやく席にみんなが揃います。

「いやぁ、堪能しましたよ！　トシヤ君。こんなに豊富な食材を使ってこんなに種類の多い料理を楽しめるなんて初めてだ」

興奮がちに話すベックさん。でもしっかり上品に食べているんです。商人って食事時も凄いですよね。

「値段が驚きですよ！　会員制じゃなければ街の食堂が潰れます」

モグモグと食べながらも街の事を考えるジョンさん。流石ですね。

「この料理の1つが街に流れるだけでも凄い流行るだろうね」

サーロインステーキを美味しそうに頬張るビルさん。この人あの短時間で全部の料理名覚えているんですよ。驚きです！

「ね！　だからギルド全体であの案に乗るべきだって僕が言ってた通りだろ！」と自慢げなサムさん。あ、口の横にソースついてますよ。

全体的にかなりの好印象ですね。うん、良かった。と思っていたらベックさんから指摘がきます。

「ですが、早急に解消しなければならない課題点も見つかりましたな」

「確かにこれだけの設備はありますが、やはり人には人が接した方がいいでしょう」

「人材の確保が急務です」

3人が同じ点を指摘して来ます。そうなんですよねぇ。だからこそギルドの協力が必要なんですよ。僕には伝手がありませんし。

「ああ！　それはもう解決済みだから大丈夫！」

真剣な空気をばっさり切って、サムさんがサムズアップをしています。え！　既に手配してくれていたんですか!?　と喜ぶ僕の反応と裏腹に、商業ギルドチームはカチャン、カチャン、とお皿にナイフやフォークを落としています。ん？　どうしました？

「まさかギルド長！　呼んだって……」

「そうだよー！　適任でしょ？」

ええと、ベックさんがアワアワしてますよ？　その様子を見て頭を抱えるビルさんと、慌てて何かを計算し出すジョンさんの姿が。

ええと……いきなり不安になりましたけど、サムさん一体誰を呼んだんです？　僕の不安そうな表情を見て、更に明るく笑顔で爆弾を落とすサムさん。

「あ、トシヤ君。多分明日には到着すると思うから、５人分部屋用意してくれない？　あ、夫婦２組と年配者１人ね」

はい？　夫婦はわかりますが年配者とは？　疑問符が頭の上に浮かんでる僕と違い、商業ギルドチームは頭を抱えています。

一体どんな方々なんですかねぇ？

まぁ気になる驚き発言は一旦置いといて、エグゼクティブフロアに食後の散歩がてら見学へ。

皆さんの予想通り……

エレベーターに驚くベックさんや、エレベーターから見える景色を楽しんでいるビルさん。「う、なんか気分が……」と浮き上がる感覚に酔っているジョンさんという感じで賑やかです。あ、ジョンさん、すぐ着きますから頑張って！

ポーン……と3階に着き、エレベーターの扉が開くと歓声を上げる3人。ジョンさんの酔いも吹き飛んだみたいですね。

『ようこそグランデホテルエグゼクティブスイートへ。このフロアのコンシェルジュ、グランJr．でございます。お気軽にジュニアとお呼び下さいませ』

ジュニアの挨拶で迎えられた商業ギルドチームは、早速それぞれ内装チェックに入ります。

「このシャンデリアはなんて斬新なんだ。まるで木々の間から差し込む光のようだ」

『仰る通りでございます。作品名「木漏れ日の光」でございます』

ベックさんが呟いた言葉に、ジュニアが説明を補足しています。

「このソファーってまさか！」

『其方《そちら》はドルトン工房からお取り寄せ致しました最高級品でございます』

「やはり！　あの気難しい職人が良く動きましたね！　動くまでが大変ですが、作品は一級品なんですよ、あの方……」

ジョンさんが驚きと共にソファーの手触りを確かめ、更にジュニアの説明で驚いています。

「絨毯から装飾品までセンスのある配置。それでいてなんとも落ち着く雰囲気とは……」こちらはビルさん。やはりお客様目線で物事を見ていますね。勿論ここでも『このフロアのコンセプトは

「癒し」と「高級感」でございます。細部に至るまでお客様をおもてなしする為に尽力しております』とジュニア。やっぱり商業ギルドメンバーは感想が違いますねぇ。面白いです。まぁでものんびりマイペースな人もいますけどね。

「ここで驚いてちゃ駄目だよ～。ほらこっちの部屋に来てご覧よ」

言わずと知れたサムさんがみんなを呼びます。

部屋に入ったメンバーはインテリアや絨毯、設備に驚愕。それはもう質問攻めに合いました。サムさん手伝って下さいよ。あ、それはエヴァンスの赤ワイン！　ワインセラーのものは有料ですよ！

「大丈夫！　ジュニア君に払ってるよ」っていつの間に……

僕もエアもジュニアも3人に捕まり、しばらくして細部まで見た商業ギルドチームはそれはもう興奮してましたねぇ。ウェルカムワインをしっかり味わうベックさんに、アッカド産のベッドに横になるビルさん。ジョンさんはTVに釘付けになっています。

そうそう、TVといえばチャンネル数が増えたんです。1チャンネルはグランによる館内設備の紹介。2チャンネルはキイによる漫画喫茶の本のおすすめと今日のピックアップ。ライ君達が好きなアニメもここです。3チャンネルがビニーによる新入荷商品と今月の特集紹介。4チャンネルがファイによる亜空間ニュース。当然商業ギルドチームの入館もニュースになってました。

そして高視聴率「今日のライ君リルちゃん」、僕もチェックしてますよ。5チャンネルがティモ。

今日のビュッフェのメイン紹介に、料理番組。時々楽しそうにキイと料理対決してますね。6チャンネルがジュニア。旅番組のようにこの宿の効果的な利用法を何通りもご紹介しています。

時折他の番組のCMが流れるのも特徴です。7チャンネルがレン。レンタカーの紹介と今月の注目車と題して、細部に至るまで細かく紹介しています。車好きにはたまらない番組ですね。ボルクさん良く見ているようです。

番組表まであるんですよ……君達遊んでますよねぇ。それにしても増えましたねぇ。今後まだAI増える予定がありますから、番組も増えるでしょうねぇ。

興奮した3人とサムさんと僕が次に向かうのは……

「アレ？　トシヤ君。こんな施設あったかい？」

「ふふふ、実はさっき設置したばかりなんですよ」

扉を開けると、階段状に設置されたゆったりとしたリクライニングチェアが12席。少し離れた正面には大型のモニター。左右に設置された音響設備。皆さんわかりましたでしょう。

「エアに頼んで、ミニ映画館を設置してもらっていたんです。興奮した後はゆったりと映画でも見て頂きたいと思いましてね」

そうなんです。2階会議室と漫画喫茶の間に出来た豪華な扉の部屋はミニ映画館。でも映画を知らない皆さんからは「エイガとは？」「王都で流行りの演劇ですか？」と質問が飛びます。おや演劇あるんですかと僕も驚きましたが、そんな皆さんにエアから説明をしてもらい、まずは物は試しで観てもらう事に。

観るのは不朽の名作、沈没する豪華客船の映画です。時代背景も似てるし、いいかなぁと選んでみたものですけど……さて、大画面大迫力のモニターであの名作を見た後の商業ギルドの皆さんは想像つきますか？

「なんて……なんて心に訴えかけるんだい……」涙がとまらず両手で顔を覆うサムさん。

「素晴らしい！　なんて素晴らしいんだ！」と涙を流しながら立ち上がって拍手をするベックさん。

「最後に演奏家達が出てきた時にはもう駄目で……」「あの最後まで演奏を続ける気高い精神はもう……」と涙ながらに熱く語り合うジョンさんに、ビルさん。わかります！　僕も久しぶりに見て涙が止まりませんし。とこんな感じでしばらくその場で語り合いました。この場にパンフレットやグッズが有ればば売れていただろうなぁ、と思うくらいでしたね。サムさんや他の皆さんの要望でしばらくこのミニ映画館でのロングラン作品になりました。好きな映画って何度も見たくなりますからね。


そして大浴場へと辿り着きます。ここでは皆さん素直に入ってくれましたね。勿論、

「素晴らしい設備だ」

「こんなにふんだんにお湯を使えるなんて！」

と色んな反応ありましたよ。で、あちこち気が済むまで堪能して大浴槽にまったり入る男５人。

「いやぁ、こんなに満足したのは初めてですな」

顔をバシャバシャ洗うベックさん。

「こんなにゆったりとした時間の使い方も初めてですよ」

頭にタオルを乗せているビルさん。

「生きるのに必死なだけでは気づかない贅沢感ですね」

湯船の中で足と腕を伸ばすジョンさん。

「そうだろう！　そうだろう！」

自慢気なサムさんと同様僕もみんなが満足してくれて本当に満足です。

「僕はこの国の人達に命の洗濯も提示したいんです。働くことは尊いです。でも生きるってそれだけじゃない、それが僕の持論なんですよ」

ポロッと出た僕の言葉に顔を見合わせる商業ギルドチーム。

「このホテルに来た人達は、心から楽しんで帰っていく事だろうね」

「ベックが言うように現に僕楽しんでるしね！」

「ギルド長はもう少し控えてもよろしいかと。でもそうする為には人々の心に余裕が生まれなければならない」

「ジョンの言う通り。まずは経済の活性化が先でしょう。でもその起爆剤がここにはある。本当に実感しましたよ」

ビルさんの言葉に最後に言葉を纏めたのはサムさん。

「商業ギルドセクト支部は全面的に亜空間グランデホテルのバックアップに動くという事で良いか

い、みんな？」

サムさんの言葉ににっこり笑って「当然です」「勿論です」「異議なし」と即答する３人。これには僕もほっとして改めてサムさんに「よろしくお願いします」と手を伸ばします。サムさんも握手をしながら「こちらこそ宜しくね」とようやくはっきり断言してくれました。握手をしている僕らの手の上に、ベックさん、ビルさん、ジョンさんも手を乗せてきます。ベックさんとビルさんが笑顔で商売の良き友となる事を願う一方で、受付嬢問題に協力を要請してきたビルさん。女性が絡むと難しいですからねぇ。僕に出来ることならお手伝いしましょう！　と結束が固まった瞬間でした。

……裸じゃなければもっと決まっていたでしょうねぇ。

いやぁ、また裸の付き合いで真面目な話がまとまりましたよ。

4章 設置と新しいスタッフです

……でもですね、気づいた事もあるんですよ。ジョンさんでさえお腹が割れていたんです！　サムさんだってあれでいて鍛えているんですよ！　え？　僕ですか？　……聞かないで下さいよ。だから翌朝こっそり動こうとしているんですから。

「よお！　はええなぁ、トシヤ。どうした？」

いや、だからなんでこういう時って見つかるんでしょう。正面玄関から帰って来たゼノさんとオーナールームを出た僕はバッタリ会ってしまいました。

「おはようございます、ゼノさん。ゼノさんこそどうしたんですか？　まだ1の刻前ですよ？」

「ばーか、俺らは普通だっての。冒険者は身体も鍛えないといけねえからな。それでなくとも俺らはお前の専属護衛の中でランク下なんだぜ。鍛錬は欠かせねえよ」

ニッと笑って言っていますが、あの惰眠を貪っていたゼノさんがまさかこんなに真面目だったとは……！

「くっそ！　また負けたか！　この体力バカ！」

「……持久力つけないとな」

続けて正面玄関から飛び込んできたのは、ハックさんとヒースさん。その割には息そんなに切れてないですよねぇ。あれ？　ケニーさんは？

「ちょっとお！　あんた達女性を労るって事しなさいよね！」

こちらは肩で息をしているケニーさん。いやでもついていけるだけ凄いですって。あ、結局セイロン全員揃っちゃいましたか。

「で、どうしてお前はこんな早く起きてきたんだ？　お前が起きる前に帰ってこれたからよかったものの、今日は俺らが護衛の日なんだぜ」

おや、今日はセイロンの皆さんでしたか。あ、因みに昨日はクライムの皆さんでしたが、僕が商業ギルドの皆さんと腹を割って話す為に断っていたんですよね。それにしても仕方ない、理由を話しますか。「実はですね」と理由を教えると……

「お前が鍛錬ねぇ……」

なんです？　そんなにジロジロ僕を見て。あ、今鼻で笑いましたね！　ゼノさん！

「まあ、気持ちはわかるけどなぁ」

「……やれるのか？」

ハックさん気持ちわかってくれますか！　ヒースさんやってみなければわかんないじゃないですか！

「えー、無理でしょう！　私より筋肉ないもん」

笑いながらズバリきますね、ケニーさん。しかし、正論です。……こうなればやはり必要ですよ、アレが！

「エアー！　フィットネスクラブの設置お願いします！」

『畏まりました。フィットネスクラブＭＰ９万を消費しまして設置致します』

　さぁ、また光り出しますよ！　目を閉じて下さい、と僕が言う前にポーンという音が鳴り響きます。この間の抜けた音はもしや……

『地下１階にジムトレーニング器具を設置、地下２階に温水プール脱衣室、簡易シャワー付きを設置致しました。これにより、本館のエレベーターは２基になり、オーナーの運営消費ＭＰは以下の通りに変更になります』

【名称】亜空間グランデホテル
【設定バージョン６】１・カプセルホテルＡタイプ
２・カプセルホテルＢタイプ
３・ビジネスホテルＡタイプ
４・ビジネスホテルＢタイプ
５・シティホテルＡタイプ
６・シティホテルＢタイプ〈エグゼクティブスイート〉
【バージョンアップ】０／10万（魔石数）
（リゾートホテルＡタイプ）ＮＥＷ！

【限定オプション店】漫画喫茶ＧＲＥＥＮ　ＧＡＲＤＥＮ
コンビニエンスストア
会議室３部屋＆館内Ｗｉ－Ｆｉ
ビュッフェレストランＯＴＴＩＭＯ《オッティモ》
Ｂ１　フィットネスクラブ（ジム・トレーニング器具）
Ｂ２　温水プール・脱衣室・簡易シャワー付き
《世界旅行代理店　ＭＰ10万》＊リゾートホテルＡタイプ開放後購入可能。
【館内管理機能】１日消費ＭＰ７２００
【フリードリンクコーナー補給】常時　ＯＮ／（ＯＦＦ）１日消費ＭＰ１５００

成る程。増えましたねぇ。

ゼノさんと目敏いハックさんが施設を確かめている中、既にエレベーターの開閉ボタンを押すヒースさんとケニーさん。みんな慣れてきましたねぇ。じゃ、早速……と移動しようとする僕らの後ろからバタバタバタバタバタッと走ってくる音がします。

「トシヤ兄！　待って！」

エルさんが焦ってこちらに来ます。「良いから来て！」と引っ張られ玄関で靴を履き替えさせられる僕。エルさんが僕を有無を言わさず連れ去るものですから、セイロンのみんなも急いでついてきます。

「え、エルさん？　どうしたんですか？」

「凄い人達が待ってるの！　ほら早く！」

理由は後からわかるからと食堂に連れて行かれる僕と、ついてくるセイロンメンバー。


「お待たせしました！　こちらがオーナーのトシヤ兄です！」

食堂に着いた途端にエルさんが背中を押して、僕を誰かに紹介しています。

「おい、ヒースもしかして……」

「ああ、久しぶりだ」

何かを勘づいたハックさんとヒースさんが呟く声が聞こえます。僕がとりあえず挨拶をしようとすると、ゼノさんの叫び声に先を越されました。

「あああああ!!　デノン師匠！」

「やっぱりカーヤさん。相変わらず変わってないわね」

「あ〜……ゼノの奴。やっぱりデノンさんに返り討ちにされてるな」

「いつもの事だ」

ええと、セイロンのみんなは知っているみたいですね。しかもゼノさん食堂だってのに拳握って走り出していたんですよ。でも腕掴まれて逆に締め技かけられています。あの体格の良いゼノさんを抑え込めているの僕と同じくらいの背の男性ですよ。ケニーさんは隣のショートヘアの女性に話しかけています。短髪の男性は端正な顔つきですし、ショートヘアの女性はモデルさんみたいです。

なんです？　この見目麗しい人達は？　と僕が唖然としていると、ゼンさんがもう片方の方々を紹介してくれます。

「ああ、トシヤ君。あっちは置いといてまず紹介するね。こちらはシュバルツ様。前宰相を務めていた方だよ」

なんと！　サラッと凄い方紹介しますねぇ。ゼンさんが紹介してくれた男性は、まだ20代にも見える碧く長い髪をした美麗という表現が似合う青年です。でも前宰相って言いましたよねぇ。とりあえず僕も挨拶をします。

「失礼しました、シュバルツ様。私はトシヤと申します。ホテルという宿屋を経営している者でございます。以後お見知りおきを」

片膝をつき頭を下げて挨拶しますが、これで良いでしょうかね？　不安に思っている僕の肩に、ポンと手を置いて話し出すシュバルツ様。

「嫌ですよ、私のオーナーになる方に跪かれるなんて。さ、立って、立って。私はもう一般市民なんですから、その挨拶も無しですよ」

は？　今なんて言いました？　僕がオーナーって事はもしかして……

「そうですわ。オーナー立って下さいませ。私達はサムちゃんに言われて雇われにきたんですもの。ねぇ、あなた」

「そうだねぇ。むしろ私達が頭を下げなければいけない立場だからね」

これまた美形の青年に立ち上がらせてもらった僕に、コソっとゼンさんが教えてくれます。

「あの方達は王都の元商業ギルド長と副ギルド長のユーリ様とイクサ様だよ。因みに元ギルド長は奥様のユーリ様なんだ」

ええぇ！　お嬢様みたいなこの方が!?　と言うか皆さん幾つですか？　僕と同じくらいに見えますが？

「姉さんも義兄さんも父さんも前の職が職だからな。あ、トシヤ君って言ったか？　俺はデノンで、隣が俺の愛妻のカーヤだ。ウチの愛弟子が世話になっているみたいだが、今度から俺達も世話になる」

「宜しくね」

自己紹介をして僕の手を取り、笑顔で握手して来るデノンさん。

そしてここでもゼンさんがコソッと、デノンさんは王都の冒険者ギルドの前ギルド長で奥さんが前副ギルド長だったんだと教えてくれます。

「ええと、こちらこそ、宜しくお願いします」

そう言うのが精一杯の僕。そんな僕にお構いなしのゼノさんがデノンさんにさっき僕が設置した新施設に見に行くところだったと伝えているじゃないですか！　そうなると当然シュバルツ様達は興味を示しますよねぇ。皆さん何やら期待の目をこちらに向けているじゃないですか。

「……では皆さんもご一緒して頂けますか？」

僕は同情の目で僕を見る木陰の宿の皆さんに見送られて亜空間ホテルを案内する事になりました。が！　一言言わせて下さい。サムさん！　ちゃんと説明しといて下さいよ！

心の中でサムさんに愚痴を叫んだ後、気持ちを切り替えて入館登録を済ませたシュバルツ様達をホテルへと案内した僕。皆さんに靴を室内履きに履き替えてもらっていると……

「あー！　やっぱり早く来たんだ」

「やはりシュバルツ様達でしたか……」

「お久しぶりでございます」

「はるばるお越し下さりありがとうございます」

商業ギルドメンバーが起きて来ましたねぇ。

「サムちゃん！　会いたかったわぁ！」

「おお、サム。何か必要なものはないかい？」

サムさんを見た途端に走りよるユーリ様とイクサ様。

「おや、サムさん元気だったかい？」

「よっ！　サム元気か？」

「サムちゃんお久しぶり」

シュバルツ様とデノンさんカーヤ様もサムさんの周りに集まります。

「あーもう！　母さんも父さんも爺ちゃんも叔父さん叔母さんも、わかったから離れてよ！」

と珍しく恥ずかしそうなサムさん。なんかサムさんもあの中に入ると、子供みたいですねぇ。ってやっぱりサムさんの親族だったんですね。どうりで皆さんエルフだから見目麗しい方々ばかりで納得です。因みにお歳は……聞かない方がいい方ばかりでしょうねぇ。

「流石のギルド長もあの方々に囲まれるとまだまだですね」

「いや、まだ比べられませんよ」

ベックさん達サムさんの事には手厳しいですが、目は優しそうにその様子を見ています。まあ、慕われているんでしょうねぇ。そんな感じでサムさん一族がしばらくエレベーター前でワイワイやっていると、当然人は集まって来ます。

「デノン様！　カーヤ様いついらしていたんですか？　シュバルツ様、ユーリ様、イクサ様まで！」

「まぁ！　カーヤ様お久しぶりでございます！」

おや、ヤンさんご夫婦も起きてきたみたいですね。当然お知り合いでしたか。キャシーさんも意外に顔が広いんですよね。

「お！　ヤン、相変わらず顔色が……悪くないな。どうした？」

デノンさんヤンさんの顔色に気づいたみたいですね。当然ヤンさんは、この宿の素晴らしさを語ってくれます。実際ヤンさん目の下の隈がなくなったんですよ。いやぁ、なによりです。キャシーさんとカーヤ様も和気あいあいと語りあっている中、昨日実は泊まっていたこの人も。

「げえ！　デノン！　いつ来たんだ！」

嫌～な顔をするブライト現冒険者ギルド長。逃げようとする所をクレアさんが襟首を摑んで捕まえます。

「まぁ、デノン様、カーヤ様。お久しぶりでございます。また主人を鍛えにきて下さったのですか？」

満面の笑みで挨拶をするクレアさん。丁寧な言葉で話す姿は初めて見ますねぇ。やはりギルド長の奥さんだったんですね。この2人も輪の中に入り、デノンさんがスタッフとして滞在する事を説明すると、「俺の安住の地が……」と床に崩れ落ちるブライトギルド長。「そうですか！　なんて心強い！」と心底嬉しそうなヤンさん。反応が極端ですねぇ。

そんなこんなでいつの間にか女性陣と男性陣に分かれて話していると、ユーリ様とカーヤ様をキャシーさんとクレアさんがこのホテルをご案内させてほしい、と提案してきます。有り難いですね。女性は女性同士の方がいいでしょうし、お願い出来ますか？　ええ、今日はスタッフとしてではなく、僕の奢りで5人ともお客様として歓待させて頂きますから。

「ではまずは喫茶店でお茶でもしながら私達なりにご案内致しますわ」

「ええ、見どころいっぱいですのよ」

クレアさんキャシーさんが、ユーリ様とカーヤ様を2階にお連れします。宜しくお願いしますね、お2人さん。


さてこちらはまだワイワイやっている皆さんもいますが、そろそろ目的の新施設の見学に行きましょう。

「えーと、皆さん歓談中に失礼します。そろそろこちらも新施設に移動したいと思いますので、興味のある方は是非エレベーターにお乗り下さい」

「ん？　また設置したのかい？」

「ええ！　いつの間に！」

僕の声にゾロゾロと移動して来る中、驚く商業ギルドの面々。

「俺はいいって」と未だ逃げようとする現ギルド長。デノンさんにガッツリ肩を組まれて連れて行かれてます。ヤンさんは仕方ないですね、と苦笑してますけど。

エレベーターに乗り、初の地下1階へ。エレベーター初のシュバルツ様やイクサ様、デノンさんには、サムさんやベックさん、ヤンさんが説明してくれています。今回僕結構楽ですねぇ。

ポーン……

『地下1階フィットネスクラブでございます』

簡易AIが到着をお知らせしてくれます。扉が開くと受付カウンターにある大きなモニターが僕らを迎えます。これはもしや……ピッとモニターがつき、軽快な音楽と共にフィットネスクラブの設備の映像が流れ出します。

『ようこそグランデフィットネスクラブへ！　オーナー、宜しければ私に名前をつけて下さい』

来ましたよ。初期音声で僕に名前をお願いするAI。そんな僕の後ろでセイロンのみんながこんな話をしてます。

「なぁ、今回の名前なんだと思う？」ハックさんがメンバーに問いかけると「ジム」と即答するヒースさん。「ええ～ネスじゃない？」とケニーさん。「俺はフィットだな」と結構自信ありげに言うゼノさん。皆さん楽しそうですねぇ。でもその中で良いのありますね、と聞き耳を立てる僕。

「ではフィットでどうですか?」

『はぁ〜い宜しくね、オーナー！　では私フィットが皆さんをご案内しますね！』

名前をつけた途端に流暢になるフィット。今度はポニーテール姿の元気そうな女性が画面に映し出されています。Tシャツに短パン黒レギンスにスニーカーのフィットネスウェア姿です。

『まずは利用出来るのはパスポートをお持ちのお客様だけ。受付の左右にある更衣室に続く扉の黒い魔石にパスポートをかざして下さい！』

フィットの案内に従ってまずは入っていくパスポート持ち組。商業ギルドメンバーとシュバルツ様達は今日はオーナー権限で入室です。男性用は左ですね。入ると左右にロッカールームが設置されていて、中にはフィットネスウェアとタオルとスポーツドリンク、スニーカーが用意されています。大体一度に50人は利用できそうです。え？　サイズですか？　これが凄い事に自動調整なんですよ！　驚きました！

そんな中楽しそうに着替えるシュバルツ様、イクサ様達。お手伝いはいりますか？　と聞いたんですけど「大丈夫、大丈夫」とサクサク着替えていきます。個室あれば良いですねぇ。フィットに相談ですね。商業ギルドの皆さんも素早く着替え終わり、全員用意ができたのでいざフィットネスフロアへ！

全面ガラス張りの広いフロアには機材がいっぱい。フィットによると……

『ランニングマシンから、チェストプレス、ショルダープレス、ロータリートーソ、アブドミナルクランチ、ラットプルダウン、レッグカール、レッグエクステンション、アブダクション、スミスマシン等取り揃えていますよ』

だそうですよ。でも初めてこの機材を見る人達がどう感じるのか……

「トシヤ……何だよ、この拷問部屋」

ゼノさんが代表して言ってくれたみたいで、他のメンバーも苦笑しながら頷いています。……そうですよねぇ。いやぁ、僕でさえ圧倒されているんです。知らない人達はそう思いますよね。

しかし！　そこはこの部屋のＡＩのフィットがそのままにはさせません。まずは１人１人にスマート端末を持たせて、カウンセリング。どこを鍛えたいのか希望を聞きます。そこで皆さん、ここは身体を鍛える所だとようやく理解したみたいですねぇ。

カウンセリングを終えた皆さんは、スマート端末に誘導されてそれぞれマシンに向かいます。

「結構！　キツイ！」

走りながらも話す余裕のあるハックさん。ハックさんは足を鍛えたいのですね。ご存じランニングマシンを利用中。ヒル（坂）モードにして速度を上げて走っています。いやいや、キツイなんてものじゃありませんって。その隣では、余裕の表情で適度に走っているヤンさん。うんうん、これが普通ですよね。

「ふん！　ふん！　ふん！」

「くっそ！　負けてられっか！」

こちらはデノンさんとブライトギルド長。チェストプレスを利用中。大胸筋と三角筋と上腕三頭筋が鍛えられるものです。座って器具に背中をつけて、胸と手を同じ高さに調節した器具を前に出すもの。でもデノンさん、ブライトギルド長凄い！　負荷を最大にして、その動きですか！　デノンさん、動きと見た目とのギャップが凄いですねぇ。ギルド長ファイトォ！

「これは面白いねぇ」

シュバルツ様が乗っているのはロータリートーソ。腹直筋と外腹斜筋が鍛えられるもの。見てると面白いですよ。椅子に座って両手は固定された器具を掴み、腰から下を回旋させるようにしてエクササイズするものです。シュバルツ様、腰大丈夫ですか？　負荷が最大値に近い所になってますよ。「いやぁ、楽しい！」

あ、大丈夫そうですね。

「結構きますねぇ」

「くっ……まだまだ」

「私だって！」

商業ギルドメンバーが利用しているのはアブドミナルクランチ。ここには僕もいますよ！　何せ腹直筋を鍛える場所ですから！　目指せ割れたお腹！　上部パッドを胸に抱え込み、すねの下側に足パッドを当てて、その状態で膝に近づけていくもの。重りを完全におろしてしまうと力が抜け効果が半減するため、おろすギリギリを繰り返すんですよ。結構負荷がきてます！　うう、頑張りますよお！

「うおりゃ！」

こちらはスミスマシンを使っているゼノさん。ここは大腿四頭筋が鍛えられます。見た感じダンベル上げしながらスクワットするみたいなものでしょうか。ゼノさんも負荷がＭＡＸです。うわぁ……冒険者の皆さん、凄すぎますよ。

ところで人数が足りませんよ、フィット？

『はぁい！　オーナー。今サム様、イクサ様、ケニー様、ヒース様は地下２階温水プールにて遊泳中よ！』

フィットから聞いて、泳ぎたくなったので僕も行ってみましょう。皆さんは？　もう少し頑張る？　そうですか。無理しないで下さいね。

という事でやって来ました！　地下２階！

エレベーターを降りると受付があり、左右に男女別更衣室があるのは同じです。こちらのロッカールームは全室個室。中には全身タイプの水着が用意されています。勿論サイズ自動調節のものですよ。それにしてもこの世界、肌だし厳禁なんでしょうねぇ。ん？　なにを期待してたんだって？　仕方ないでしょう、僕も男ですし。ちょっと期待したんですよ、ケニーさんの水着姿。まあ、それは置いといて温水プールフロアに入ると……

ザパッザパッザパッ……と見事なバタフライを披露しているヒースさん？　でしょうか。これまた見事なターンですね。そしてケニーさんはクロールで優雅に泳いでますし、イクサ様は平泳ぎですか。皆さん泳ぎ上手いですねぇ……ってサムさんは？

「あ、おーい！　トシヤ君！　こっち来たの～？」

声のする方向には浮き輪を使って泳いでいるサムさん。サムさん聞いて良いですか？　その浮き輪どこから持ってきました？「ん？　あったよほらそこ」指差す方向に、懐かしいビート板や浮き輪、大きな鯨の浮き輪があります。こ、これは！　と早速僕も利用させてもらいます。え？　泳げないのかって？　泳げますよ、犬カキなら。まぁそんな事はいいのです。体操してしっかり全身運動して来ましょう！


いやぁ、それにしてもいい運動をしました。身体がだるくないかって？　僕はまだ若いんですから、心配はいりませんよ。

「トシヤ？　何ぼやっとしてんだ？　みんな集まったぞ？」

おや、ゼノさん。ありがとうございます。実は現在、僕主催の歓迎会を開始する所なんですよ。場所はグランデレストランＯＴＴＩＭＯ《オッティモ》内大広間です。テーブル席には本日の主賓シュバルツ様、ユーリ様、イクサ様、デノンさん、カーヤさん始め、現在亜空間グランデホテルに関わってきた人達全員が揃っています。

「では始めましょうか！　ビニー！」

『はあい。レディースエンドジェントルマン！　ようこそお集まり下さいました！　今宵は当館に新たなスタッフが配属された記念の歓迎会です。ここに歓迎会の開催宣言をさせて頂きます！　司会は最近めっきり出番が減った私ことビニーが進行させて頂きます！　宜しくね！』

今日の大広間には大型スクリーンが設置されていて、そこに映像が映し出されているのですが……マッチョのウィンク映像ってアップでいりますかねぇ。

「イエーイ！　ビニーさん！」

「ビニー！　カッコイイ！」

指笛と共に声援を贈るドイル君とケニーさん。意外に需要ありますね。そしてケニーさん、ビニー推しでしたか。あ、ガレムさんも頷いています。よくコンビニ行ってますもんね、ガレムさん。

『ありがとう、ありがとう！　さあ、まずは当館の新人スタッフの紹介からいくわよ！　呼ばれたら立って頂戴ね。まずはこの人シュバルツ・ボードン！』

「おや？　私からかな？」

ノリの良いシュバルツ様がその場で立ち上がってくれます。するとスポットライトがシュバルツ様を照らします。フルネームは初めて知りましたが、ビニー呼び捨てじゃなくて、「様」をつけましょうよ。と、ヒヤヒヤする僕にお構いなく、紹介を続けるビニー。

『皆さんご存じ、元宰相のシュバルツ！　以前は「氷のシュバルツ」と呼ばれ、仕事に一切私情を持ち込まず、身内にも王にも臆せず言及出来た敏腕宰相！　今は温厚らしいけれど、仕事になるとどうなるのか！　シュバルツはグランの下につき総合管理職として腕を振るってもらう予定だ！

さあ、シュバルツからも一言どうぞ！』

「おやおや、昔の情報をどこから拾ってきたんだい？　……え～では。改めまして、シュバルツ・ボードンと申します。グランさんの下、総合管理職として勤務に就かせて頂きます。サーシャさんの後輩になりますね。宜しくお願い致します」

シュバルツ様がサーシャさんの方を見て笑顔で手を振っています。

「わーい！　シュバルツ様お願いします！」と嬉しそうな顔のサーシャさん。出来れば『氷のシュバルツ』はお控え下さいね、シュバルツ様。

代わってスポットライトはユーリ様を照らします。もはや素の野太い声で紹介するビニー。ノッてますねぇ。

『シュバルツありがとう！　さてお次はこの人ユーリ・ボードン！　こちらもご存じ、元王都商業ギルドのギルド長を務め上げた女傑！　数々の曲者を笑顔で自分のペースに持ち込む「微笑みの魔女」の異名を持つユーリ！　ファイの下について会議室とレンタルルームの管理を担当するわよ！さあ、ユーリからの一言どうぞ！』

「あら『微笑みの魔女』なんて懐かしいわ。改めましてユーリ・ボードンですわ。ファイ様の下、働かせて頂きます。困った事がありましたら、どうぞお気軽に御用命下さいませ」

『微笑みの魔女』の異名を持つとは思えない優しい笑顔でユーリ様が挨拶して下さいます。しかし、心強い方が来ましたねぇ。

そしてスポットライトは次のイクサ様へ移ります。

『はあいユーリありがとう！　次行くわよ！　イクサ・ボードン！　こちらは鋼鉄の精神を持つ元王都商業ギルド副ギルド長を務め上げた男！　どんな対応にも動じない強者！　温厚な表情の下で何を考えているのか！　なんと意外な職場を希望してきたわ！　ティモの下、ビュッフェレストランOTTIMO《オッティモ》に勤務するわよ！　さあ、イクサからも一言どうぞ！』

「あ、イクサ・ボードンです。美味しい物に目がなくてねぇ。僕も料理は好きだから色々勉強させてもらいます。ミック君、キイさんからも教わる事があるから一緒に学ぼうね」

穏やかなイクサ様から声をかけられて「宜しくお願いします！」と元気に挨拶するミック君。こちらも嬉しそうです。

「俺達もご一緒させて頂きたい」

「仕事あるだろう？　親父」

ゼンさんにリーヤはイクサ様が羨ましそうですねぇ。そうそう、シュバルツ様達の歓迎会という事で木陰の宿は今日は早々に店じまいしたそうですよ。お疲れ様です。

次にスポットライトが当たるより早く立ち上がるデノンさん。

「よーし、俺の番だな！　俺はデノン・ボードンだ！　元王都冒険者ギルドのギルド長をしていた！　俺の希望はレンさんのレンタカーショップだ！　車なら俺に任せてもらえるようになるまで詳しくなってやるぜ！　宜しくな！」

サムズアップを決めるデノンさん。でもそれにはビニーがご立腹。

『おい！　ゴラァ！　勝手に進めるんじゃねぇ！』

デノンさんに紹介の場を奪われて会場を振動させる声を出すビニー。いやいや、君も控えなさいって。

それでも凝りてなさそうなデノンさんにコレは言っても仕方がないと思ったのか『まぁ良いわ。デノンは「レン」に任せるわ』と諦め声のビニー。ついでに『え？　俺に任せるっすか!?』とレンの声もします。頑張って下さいね、レン。


最後にスポットライトを浴びて紹介されたのはカーヤさん。

『さあ、ラストを飾るのは元王都冒険者ギルド副ギルド長を務めたマドンナ、カーヤ・ボードン！顔に似合わず大きな男を投げ飛ばす様は女冒険者の憧れ！　カーヤはフィットの下についてフィットネスクラブの経営の補佐をしてもらうわ！　さあ、カーヤからも一言どうぞ！』

「カーヤ・ボードンです。精一杯頑張ります。宜しくお願いします」

にっこり笑って挨拶するカーヤさんに「通いますわ！」とキャシーさんとクレアさんから声援が。手を振り返すカーヤさんに「「「きゃああ!!」」」と声をあげる女性陣。ん？　メイさんにフランさんまで黄色い声をあげてますねぇ。カーヤさんは笑顔で手を振り返しています。なんか某女性歌劇団を思い出します。

『さあ！　これで堅苦しい事はおしまいよ！　みんなで飲んで騒ぎましょ！』

ビニーの言葉に「「「よっしゃあ！」」」「「待ってました！」」という冒険者組。あ、ガレムさん、ヒースさん、ジェイクさんは早速お酒とワインを持ってシュバルツ様達に近づいています。あのガレムさん？　そのお酒強いですよね？　ヒースさんいつの間にジュニアからワイン買っていたんです？　ああ！　デノンさん一気飲みして！　「ああ！　美味え！」ってここにもうわばみがいましたか。

スクリーンの中では名前を貰ったＡＩが勢揃いです。みんな来ていたんですね。ん？　なんですか？　ティモ。

『皆サーン！　今日のメインディッシュもタックサーン食べてクダサーイ！　今日はイエローボアが手に入りましたからローストボアにシテみましたヨー！　マスタードソース添えて試してクダサーイ！　クオーククラブもアリマスヨ！　コチラはプリっとした食感をタノシムタメにサッと湯どうしシテポン酢でドーゾ！』

おお！　美味しそうですねぇ！　ん？　キイもありますか？

『ＧＲＥＥＮ　ＧＡＲＤＥＮからもキングオークのハンバーグデミグラスソース煮と、サーロインステーキも出してます。ミック頼みますよ』

「はい！　キイさん！」

こちらは姉弟コンビからビュッフェに提供がありました。うーん、ジュウジュウいってますね。いい焼き加減です。

『おっと！　食べている間は俺の時間っスよ。レンタカー紹介映像流しておくっス。デノンさん良く見ておくっスよ！　このままじゃボルクさんに負けたままっスからね！』

おや、レンがデノンさんを煽っていますね。ボルクさん『月刊レンタカー』を買って読んでますからねぇ。もう僕は誰が書いたのかはツッコミませんよ。


木陰の宿の女性陣やキャシーさんクレアさんは、みんなでユーリさんとカーヤさんをご案内するみたいです。エルさんだけは、レイナさんとケニーさん、ティアさんと一緒に食べるみたいですねぇ。仲いいんですよ、あの４人。そして酒飲み班も、ガッツリ班も動き出しました。

まーたデノンさん、現ギルド長にちょっかいかけてますねぇ。なんかブライトさんも愛弟子の１人みたいですよ。それも手がかかった方の。だから構うのでしょうかね。

おや、イクサ様ミック君の手伝い早速して下さってます。しかも手つきいいですね。高貴な方でも料理するんですねぇ。

「トシヤ君、隣いいかい？」

「勿論ですよ。シュバルツ様」

みんなの様子を見ていた僕の隣に、ワインを片手に持って近づいてきたシュバルツ様。ん？　何か足りないものでもありましたかね？

「こんなに楽しい会を開催してくれて感謝するよ。ここは心から楽しめる場所だし、みんな気持ちのいい人達ばかりだね」

「そう言ってもらえると嬉しいですねぇ。僕もそう思っているんです」

「うん、だからこそ私を呼んでくれて正解だ。働くのはこりごりだと思っていたんだけどね。ここは話を聞いてから興味を持っていてね。来て実感したよ。サムが言うようにここは守るべき場所だってね」

なんと、サムさんそんな事言っていたんですか。なんて嬉しいのでしょうね。

「シュバルツ様から言われるとは光栄ですよ」

「いや、これはユーリ達も一緒だろう。ここに来てからの表情がとてもいいんだ。……僕らは長寿だからこそ、やるべき事があるのが嬉しいんだ。だからこれはまずは感謝を伝えないと、と思ってね」

カッコイイ男はウィンクも決まりますからいいですねぇ。僕がやってもいつもと同じ表情になるだけですからねぇ。あ、言ってて悲しくなりました。うん、忘れましょう。

「これでもう1つ叶うと嬉しいんだけどね……」

ボソっとシュバルツ様が呟きます。

「シュバルツ様？　何を叶えたかったんです？」

「いや、この歳で恥ずかしいけど冒険が好きでね。未知との出会いが私を待っていると思うとワクワクするんだが……どうしても行けない場所があってね。その場所に思いをつい寄せてしまうんだよね」

シュバルツ様でも行けない場所ですか。どこでしょうね？　と、疑問に思っているのが顔に出ていたんでしょう。「忘れてくれて良いよ。このホテルにもワクワクしているんだ。当分はかかりっきりになるだろうしね」

恥ずかしかったのか照れ笑いをしながら話すシュバルツ様。

「お父さま？　一緒に何かお持ちしましょうか？」

ユーリ様がシュバルツ様を気遣って声をかけに来てくれたみたいです。

「いや、自分で取りに行こう。楽しそうだしね。トシヤ君、それじゃご馳走になるよ」

そう言ってユーリ様と一緒にビュッフェフロアに歩いて行くシュバルツ様。うんうん、ゆっくり食べて下さいね。……それにしてもシュバルツ様の願い、気になりますねぇ。


楽しかった宴が終わり、ぐっすり眠って朝になりました。

おはようございます。どうしましょう……朝から難題です。え？　何の話かって？　起きたら身体が動かないんですよ。

「おはようなの！」

「おっきするの！」

今日も朝から可愛いライ君リルちゃんですが、今は待って下さい。……2人共なに距離をとっているんですか？　まさかジャンピングモーニングコールですか!?　まずいですよ、それは！

「うおおお！」

気合い一発で起き上がる僕。

「あー、おっきしたの！」とキャイキャイ言うライ君リルちゃん。いやいや、２人共残念そうに言わないで下さい。今ベッドに飛び込まれたら僕は死にます。

「ごはんたべにいくの！」

「もうグリムちゃんおわったの」

朝から元気な２人が僕の腕を引っ張ります。あ、もう『グリム一家の開拓記』の時間も過ぎてたんですね。って……イタタタ！

「どこかいたい？」

「だいじょうぶ？」

動こうとして痛がる僕の様子に、２人が心配そうな顔をして覗き込んできます。そう、昨日は大丈夫と言ったのですが筋肉痛です。え？ ホテルの充電機能が働いているから大丈夫じゃないのかって？ 筋肉痛はいわゆる筋肉の成長の為に必要なものですからねぇ。これ治されちゃったら元も子もありませんよ。

とりあえず、２人を安心させる為に起き上がり着替えようとするのですが……

「おどってるの？」

「リルたちもおどるの！」

２人が僕の周りで腰を振って可愛い踊りを披露してくれるのはいいのですが、僕はロボットのようにガチガチです。やはりインドアの男が急に身体を動かすとこうなりますよねぇ。時間はかかりましたが、２人と踊りながら着替えて何とかオーナールームを後にします。

「きゃははは！」

「おもしろいの！」

僕の歩き方を真似しながら歩くライ君リルちゃん。ロボット歩きですかね。わかってるんです、普通の歩き方をした方がいい事は。ライ君リルちゃんにサービスですよ。……そう言う事にしといて下さい。

「面白い事しているねぇ」

「あらあら、身体無理させちゃったのかしら？」

「急な運動は身体に負担かかるからねぇ」

休憩所で優雅にコーヒーを飲んでいるシュバルツ様に、即座に原因を理解するユーリ様、僕以上に身体を動かしていた筈のイクサ様が声をかけてきます。

「おいおい、オーナー様は日頃運動してないのかぁ？　今日も軽く行っとくか？」

いえいえお気になさらずデノンさん！

「ゆっくり患部を温めてストレッチするのはいかが？　お風呂にゆっくり浸かるのもいいんじゃないかしら」

こちらはお優しいカーヤさん。あ、それもいいですね。とそれよりも……

「皆さんおはようございます。ゆっくり眠れましたか？」

実はまだスタッフルームを設置してなかったので、ビジネスホテルBタイプに泊まって頂いた皆さん。シティホテルBタイプエグゼクティブスイートに泊まってもらうべき人達なのに、快諾して下さったんです。

「ああ、もうぐっすり眠れたよ。あのベッドでこれからも寝られるなんて嬉しいね」

代表してシュバルツ様が嬉しい事を言って下さいます。

「それはよかっ……ん？」

『ジリリリリ！　ジリリリリ！　ジリリリリ！』

胸ポケットに入っている携帯が鳴っています。ピッ……

『あ？　トシヤ君かい？　サムだけど、昨日はありがとうね！　お礼も言わずに出ていってごめんね。ベックがさぁ、うるさいんだよ。仕事が溜まっているからって。……ああ、もうわかってるって！　ごめんね、早く用件伝えろってベックがうるさくて。あのね、ジウが明日到着するんだ。多分そっちに泊まる流れになると思うから宜しくね！』

「え？　サムさん、ジウって領主様ですよね？　明日領主様は何時頃こちらに来るんです？」

『う～ん、夕方になるんじゃないかなぁ。冒険者ギルドと商業ギルドの視察が終わってからだから』

「わかりました。何とか準備しておきます」

『宜しくね～』

ピッ……

……何と今度は領主様ですか。なんか忙しいですねぇ。ん？　皆さんの視線が携帯電話に集中してますね。

「トシヤ君それはなんだい？　サムの声がしたけど？」

イクサ様が尋ねてきます。そうか、まだ携帯も見せてなかったでしたっけ。皆さん興味深そうにしているので、説明をすると……

「なんて面白いんだ！」

「まああ！　これは是非使えるようになりたいわ！」

「うん、これがあればいつでもサムの声が聞けるね」

感激するシュバルツ様に、早く使いたそうなユーリ様、使う用途がちょっと違うイクサ様。商業組はやはり携帯の有用性の理解が早いです。

「へえ、便利だな」

「あら、すぐ連絡つくなんていいわね」

こちらは案外冷静なデノンさんにカーヤさん。ならばと、グランにファイに繋いでもらい、携帯とタブレット講習をお願いする僕。これには5人共嬉しそうにいそいそと会議室に向かいます。僕もついて行きましょうか？　え？　大丈夫？　では頑張って下さいね。

シュバルツ様達を見送って、さて、と思ったらもうライ君リルちゃんがいません。先行きましたかね？　なら僕はちょっと寄り道しましょう。休憩所のテーブル席につきエアに確認します。

「エア、リゾートホテルAタイプの設置ってMPどれくらいかかります?」

『開放後に開示されます。バージョンアップ致しますか?』

うーん……どうしましょう? 領主様が来るなら、シティホテルBタイプエグゼクティブスイートを増設するか、リゾートホテルも設置するかした方がいいですよね。僕としてはリゾートホテルの設置やりたいんですけど……

「あらぁ、トシヤちゃんまた何かしてるの?」

僕が悩んでいたらクライムの皆さんが声をかけてきました。今日はクライムが僕の護衛なんですかね。

「おはようございます。いや、ちょっと悩んでまして」

「あら、なによお。言ってご覧なさい、頼もしい護衛達に」

「自分で言ってたら意味ないがな」

ティアさんの言葉にツッコミを入れるレイナさん。その言葉に同意しているザックさんにガレムさん。……悩みを話せる相手がいるっていいですねぇ。僕1人で悩まず話してみましょう。とりあえず領主様が来る事と悩んでいる事を話すと……

「なんだ? もしかして魔石の事心配してるのか?」

レイナさん鋭いです。

「あらぁ、この間魔石渡したじゃない。トシヤちゃんが後は自由に使っていいのよ」

「足りなくなったら、俺らが取ってくるぜ。なあ? ガレム」

「任せろ」

後押ししてくれるティアさんにザックさんにガレムさん。嬉しい事言ってくれます。

「じゃあ、皆さん今日はリゾートホテルの設置をしますから、付き合って下さいね。エア、バージョンアップにリゾートホテルAタイプの設置をお願いします」

『畏まりました。魔石10万個相当消費いたしましてバージョンアップ致します。これによってリゾートホテルが開放されました。ではリゾートホテルAタイプMP8万を消費して設置致します』

エアが話し終わるとエレベーターの方向からポーンという音がしました。

「お、また階層増えたみたいだな」

ザックさん僕のギフトに慣れてきましたねぇ。

『情報が更新されました。情報を開示します』とエアが開示した情報は……

【名称】亜空間グランデホテル
【設定バージョン7】1・カプセルホテルAタイプ
2・カプセルホテルBタイプ
3・ビジネスホテルAタイプ
4・ビジネスホテルBタイプ
5・シティホテルAタイプ
6・シティホテルBタイプ〈エグゼクティブスイート〉

7・リゾートホテルAタイプ〈コンドミニアムモデレート〉

【バージョンアップ】０／10万（魔石数）

（リゾートホテルＢタイプ コンドミニアムスーペリア）ＮＥＷ！

【限定オプション店】コンビニエンスストア

漫画喫茶ＧＲＥＥＮ　ＧＡＲＤＥＮ

会議室３部屋&館内Ｗｉ－Ｆｉ

ビュッフェレストランＯＴＴＩＭＯ《オッティモ》

Ｂ１　フィットネスクラブ（ジム・トレーニング器具）

Ｂ２　温水プール・脱衣室・簡易シャワー付き

世界旅行代理店 ＭＰ10万

（スパリゾート　ＭＰ15万）ＮＥＷ！　＊リゾートホテルＢタイプ開放

後購入可能。

【館内管理機能】１日消費ＭＰ９４００

【フリードリンクコーナー補給】１日消費ＭＰ１５００

これはまた面白いものと女性が喜びそうなものがきましたね。それに世界旅行代理店もありました。これ結構気になっていたんです。でも今日は無理ですねぇ。明日領主様が来る前に確認してみましょう。ってアレ？

「はやくいくのー！」

おや、ライ君リルちゃんも来ましたか。あ、サーシャさんにミック君まで。シュバルツ様達携帯タブレット講習はどうしました？　あ、面白そうだからこっちに来た？　そうでしたか。キャシーさん、クレアさんも早いですねぇ。置いていかれるのは嫌？　あ、なるほど。

「ほらぁ、みんな待ってるわよ。行きましょうよ」

ティアさんが痺れを切らして僕を促します。でも待って下さい。今日の僕は動きが遅いんですって。イタタタ……さあて今度はどうなっているんでしょうねぇ。楽しみです！

……ところでジーク君、ドイル君はまたビニーの特訓中でしょうかねぇ。


姿を現さないジーク君達に心の中で声援を送りながらゾロゾロ移動します。

「ここに来てからワクワクが続くねぇ」

「お父様やはり来て正解ですわ」

「サムの顔も良く見れるから嬉しいね」

シュバルツ様達がエレベーターの中で嬉しい会話をしてくれています。ワイワイと賑やかなエレベーターが向かう先は、４階フロアのリゾートホテルAタイプコンドミニアムモデレートです。モデレートって何でしょう？　とエアに聞いてみましたら、モデレートとは、ホテルやコンドミニアムといった宿泊施設で使われている客室のグレードを表す言葉みたいですよ。因みに「適度な」という意味があるそうです。地球のホテルでは客室のうち最もスタンダードな客室かそれよりも少し上のグレードの客室に使われることが多いそうですよ。ただうちのホテルに関してはどうなんでしょう？　僕もかなり期待しています。

ポーン……

『4階リゾートホテルモデレートフロアに到着致しました』

皆さん話を中断して扉が開くのを待っていますね。ヴィィイ……とエレベーターの扉が開くと……

ピチュピチュピチュ……ザアア……

ここホテル内ですよねぇ。なぜに鳥の声に風の音が聞こえるんです？

「なぁ、トシヤ。ここってホテルの中であってるよな？」

「凄い開放感ねぇ」

「もしかしてこの芝は作り物か？」

「……空気まで違う」

クライムの皆も外のような様子に驚いています。

「うわぁひろーい！」

「すごいのー！」

すかさず駆け出していくライ君リルちゃん。

「ライ、リル！　大人しくしないとダメでしょ！」

「ライは僕が見る！」

今日はサーシャさんとミック君がライ君達を見てくれるみたいですね。おやおや、キャシーさんは森の空気にテンションが上がってはしゃいでいますね。その隣でクレアさんは気持ち良さそうに身体を伸ばしています。

「これは凄いな……まさか森林を再現するとは……」

「お父様、やはりあの森はガラスに投影されていますわ。でもこの緑に包まれる匂い、……なんて落ち着くのでしょう」

「みてご覧ユーリ。君が好きそうな白い家があるじゃないか」

「まあ！　本当！　可愛いわ！」

シュバルツ様が感嘆の声をあげ、ユーリ様は周りを即座に見極めています。イクサ様はマイペースですねぇ。愛しの奥様を優先させてますよ。


このフロアは広い空間の地面が人工芝になっていて、他は全面ガラス張りです。そのガラスには光溢れる森林の様子が映し出され、白い平屋の家を緑が包み込んでいるようです。大きな木の観葉植物も整然と配置され、家まで続く道は明るいレンガ調のタイルが敷かれています。

『このフロアは、森林の中の爽やかさをコンセプトに設計されています。空調の設定により爽やかな風も時折吹き抜け、より自然の状態を再現しております』

エアの説明を聞きながら白いコンドミニアムまで全員で移動します。あ、ライ君リルちゃんも一緒ですよ。サーシャさん、ミック君と仲良く手を繋いでいます。微笑ましいですねぇ。

『オーナー権限でコンドミニアムのロックを解除致します』とエアが言った後ガチャッと音がしてロックが外れます。さあ、中はどうなっているんでしょう？

ドアを開くと……

「まあ！　素敵！」

ユーリ様のお好みの内装みたいですねぇ。床は温かなウッドタイルにオフホワイトの壁と天井。天井にはオシャレなシーリングファンライトが稼働して爽やかな空間を演出しています。

玄関を入ると右側に室内履きも用意されています。流石に人数分はないですが、元々館内履きに替えてますし、そのままみんなで入ります。

「おや、いいキッチンだ。ここで料理したいものだね」

「あら、じゃあ、私はここで貴方の料理を待っているわ」

何やらイクサ様とユーリ様２人の空間になっています。２人がいるのはキッチンです。玄関の隣のマス目のパーティションで仕切られたキッチンには、４人用のダイニングテーブルが配置されています。冷蔵庫もありますし、キッチンの戸棚の中には鍋、フライパン等調理用具、食器完備です。ユーリ様はダイニングテーブルで既に落ち着いていますね。この２人プライベートではこんな感じなんでしょう。

「うーん、いい感じだね。ここでゆっくり読書でもしたいよ」

キッチンの奥がリビングですが、ゆったりした3人掛けソファーの真ん中に座り、まったりしているシュバルツ様。上品なカーペットの上にはローテーブルが配置されています。ソファーの正面には勿論TVもありますよ。リビングには大きな掃き出し窓、TVの後ろには出窓が設置されていて、そこから見える外の景色は本物みたいです。森の中での読書、いいですねぇ。

「ここで食事でもいいわぁ」

「素敵ですわね」

クレアさん、キャシーさんはウッドデッキのバルコニーにいますね。そこにも4人掛けのテーブルが設置されていて、「ここでおしゃべりもいいわね」と座りながら言っている2人。話が弾むでしょうねぇ。僕は早々に退散させてもらいますけど。

「このベッドはいい！」

「もう！　すぐ横になるんだから！」

デノンさんカーヤさんがいるのはベッドルーム。リビングをこちらもマス目のパーティションで間仕切り、大きなワイドダブルベッドが真ん中に1つ配置されています。ベッド横にはサイドチェストにスタンドライト。こちらの窓は出窓になっていますね。あ、カーヤ様ベッドに引き込まれましたね。イチャイチャは後でやって下さい！

「このおふろ大きいの！」

「リルもはいれるの！」

空の浴槽に入って顔だけ出しているライ君リルちゃん。「もう！　2人とも出なきゃ駄目よ！」と注意するサーシャさんに「これ僕も入れるな」と浴槽に試しに入るミック君。うん、君らは余裕で入れる大きさですね。ここはマジックミラーになっていて浴室にいながら森の中にいるみたいです。勿論エアによると普通の壁に見えるようにも出来るそうですよ。因みにお風呂は寝室の横のドアを開けて右側。左側がトイレになっていますね。

「おーい、トシヤ。このフロア結構広いぞ」

「森の中を散歩しているみたいだったわぁ」

「しかも虫がいない」

「……空気が美味い」

おや、外の見回りに行っていたクライムの皆さんが帰ってきましたね。ザックさん、エアによるともっと広がるそうですよ。ティアさん、ガレムさんは見回りより散歩してきたって感じですねぇ。レイナさん、虫嫌いでしたか。女の子ですね。僕も苦手ですけど。

それぞれが和気あいあいと部屋を探索する中、シュバルツ様が僕に近づいてきます。

「トシヤ君。このフロアは凄くいいね。とても気持ちが良い。お願いがあるのだが良いだろうか？」

おや？　もしかしてシュバルツ様このフロア気に入りましたかね。

「ん？　何でしょう？」

「私達の居住区をここにしてくれないかい？」

あ、やっぱりそうでしたか。

「シュバルツ様のお気に召されましたか？」

「ああ、私達エルフは元来森人だ。緑を感じられるこのフロアはとても居心地が良いんだよ。我儘を言っているようで申し訳ないが、お願い出来ないだろうか？」

そうでした、物語のエルフって大概森人でしたねぇ。そうするとこのフロアは最適でしょう。あ、でも……

「このフロアにシュバルツ様達以外が宿泊しても大丈夫ですか？」

「ああ、勿論だよ。むしろ歓迎するよ。村ができていくみたいで楽しみだよ」

シュバルツ様快諾ですねぇ。あ、でも面白いですね。村を作るみたいって表現。確かにコンドミニアムを設置していくと村みたいになりますし。

「ではこのフロアの管理はシュバルツ様にお願いしてもよろしいですか？　勿論、この空調や基本的な管理はグランがしますから」

「勿論だよ。早速今日からでもいいかい？」

「わかりました。早速準備にかかりますね」

エアに頼んで、リゾートホテルAタイプ　コンドミニアムモデレートを更に2軒設置してもらいます。面白いのは色合いですね。最初に出したコンドミニアムはインテリアはオフホワイトが基調で、もう1軒は碧が基調、最後の1軒は深緑の緑が基調になっているみたいです。鮮やかですねぇ。

改めて自分達の好きな家を決めるシュバルツ様達の表情はイキイキしてました。あ、因みにオフホワイトがユーリ様、イクサ様。碧がデノンさん、カーヤさん。深緑がシュバルツ様に決まりました。３組はこのまま今日は自分の部屋で過ごすそうです。後でスタッフ専用年間パスポートを渡さないといけませんね。

そういえば、護衛のみんなやサーシャさんミック君の部屋もバージョンアップしてもいいですね。後でみんなに聞いてみましょうか。

って思ってたんですけどねぇ。

僕やっぱり気になるものを優先しちゃうんですよ。

ほら音聞こえてきますでしょう?

『グ♪グ♪グランデ〜♪ツ♪ツ♪ツーリスト♪グランデツーリスト♪アルコ〜♪ようこそ！　グランデツーリストアルコへ！　旅には冒険が待っています！　当店は安心、安全、快適をモットーに皆様を未知の世界に案内します！　さあ！　貴方もワクワクを体験しに出かけませんか?』

こ、これは！　なんて凄いのでしょう。この世界の数々の素晴らしい景観が紹介されています。店舗内にはパンフレットが沢山！　ええ！　何ですかこの綺麗な場所は！

ハッ、すみません。僕としたことが興奮していました。皆さん驚きましたよね。ええ、世界旅行代理店を確認しているんですけどね。まずはちょっと時間を戻りましょうか。

「さて皆さんの知恵を下さい！」

はい、ここはホテル2階会議室です。なぜ会議なのか？　それには朝一番にサムさんからこんな電話がかかってきたんですよ。

『おはよう！　トシヤ君。ちょっと教えておこうと思ってね。今日領主のジウが来るけど、奥さんのクライスと息子さんのキリク君6歳が一緒らしいんだ。で、エグゼクティブフロア今1部屋しかないでしょ？　追加しといてくれないかい？　あ、時間は少し繰り上がるかも知れないよ。行く時連絡するからねー！』

プツッ……

サムさん用件だけ伝えて切るんですよ。僕寝起きだったのに。でも案件ができました。急いで着替えて、朝食を食べて、シュバルツ様、ユーリ様、イクサ様、デノンさん、カーヤさんを会議室に集めて今ココです。

あ、護衛は今日はテラのみんなですが、会議という事でホテル内待機という名のフリータイムです。まぁ、思い思いに動いている事でしょう。ボルクさんはレンタカーショップにいそうですけど。

「で、どうしたんだい？　トシヤ君。ジウ一家が来るだけだろう？」と不思議そうなシュバルツ様。

「このホテルにまだ何か改善点でも？」

流石ユーリ様、鋭いですねぇ。

「はい。大人が楽しむものは揃っていますが、家族で楽しめるものを忘れてました。それで、まずはジウ様ご一家の事を知っていそうな皆さんに、このホテルのどこが一番家族で楽しんで頂けるのか一緒に考えて頂きたいのです」

僕の言葉に即答してくれたのがデノンさん。

「やっぱレンタカーショップだろう！　乗ってるだけでも楽しいぜ！　ジウは好奇心旺盛だから絶対運転したいって言うと思うぜ！」

「あら、私はミニシアターを推しますわ。現在ロングランのあの映画は心に迫りますもの」

「ユーリ、だがあの映画には6歳の子供には早いシーンがあるよ。ゆっくり大浴場に入ってもらうのが良いんじゃないか？」

「あら、イクサ様。忘れないで下さい。ただお風呂に入るよりも、温水プールで家族団欒出来ますわ」

「カーヤ、夫人が温水プールに入ると思うかい？　ゆっくり読書で時間を過ごしてもらう漫画喫茶も良いんじゃないか？」

「あらお父様！　それでしたら……」

おおう。皆さん結構お勧めありますねぇ。確かに増えてきましたが、なんていうんでしょう。子供から大人まで家族で安心して楽しめるって僕がピンとくるものがないんですよ。贅沢ですかね？と、僕が悩んでいると、エアから提案がありました。で、なんですか？　エア。

『オーナー、私は世界旅行代理店の設置を提案いたします。少々情報が入手できましたが、安全で尚且つ快適にワクワクできる施設が1つ開放されています。しかしそのためには、亜空間通路《ターミナル》をバージョンアップさせて第2ターミナルを開放させなければなりませんが、如何でしょうか？』

おお！　そういえばその確認もありましたね！　僕がエアの提案に乗り気でいると、皆も聞いていたようでまずは確認してみよう、という流れになりました。

「エア、では世界旅行代理店の設置をお願いします」

『畏まりました。まずはバージョンアップに10万個相当の魔石を消費いたしまして、第2亜空間通路《ターミナル》を設置させて頂きます。更に世界旅行代理店にMP10万消費致しまして設置致します』

おや？　いつもならエアの言葉の後、何かしらの音や動きがあるのに、何も起こりません。エアに確認してみると……

『世界旅行代理店は既に設置済みです。1階エレベーターと休憩所の間に通路ができております。皆様移動をお願い致します』

何と！　1階にできていたんですね。それならば……という事でみんなで1階に降りてきましたら、案の定騒ぎになっていました。

「いきなり光ったと思ったら通路ができてるんだぞ！　トシヤがまたやったとはわかるが、流石に驚くだろうが！」

「親父、酒噴いてやがんの。笑ったぜ」

「スレイン！　てめえだって咳き込んでいただろうが！」

「ひでえんだぜ。親父俺の方を向いて吹き出したんだ」

「グレッグ、お前よく水も滴る良い男って言われてるじゃないか」

「ジェイク！　それとこれとは違うだろうが！」

あー……親父さん来てたんですね。というか、親父さんシュバルツ様達と初対面じゃないですかねぇ？

「お！　よお、シュバルツ。相変わらず歳とらねえな」

「ブルーム久しぶりだね。ちょっと髪が後退したかい？」

「言うな！　気にしてんだから！　……」

賑やかに親父さんとシュバルツ様達の歓談が始まりました。親父さん流石ですねぇ、シュバルツ様達とも知り合いでしたか。おや、テラのメンバーも来ましたか。1人足りませんが、どうやらボルクさんレンタカーショップにいるみたいです。ジェイクさんが迎えに行きましたね。

残りのテラのメンバーに僕が説明すると、すぐに僕の護衛を申し出てくれました。楽しそうな事はついてくるんですよね。ワクワクは冒険者にはたまらないでしょうし。遅れて戻ってきたボルクさんも交えて総勢10人で移動します。

新しく出来た通路入り口上部には『グランデッツーリストアルコ』と表示されています。これにはスレインさん。「もう名前決まったようなものだな」とグレッグさんにボソッと言っています。当然じゃないですか。こんなわかりやすい名前があるんですよ。今回名前問題は楽勝ですね。そう言って僕が先導して動く歩道に乗ります。

「お、おい。道が勝手に動いているぞ？」

驚く親父さん。ああ、動く歩道って珍しいですね、そういえば。皆さんに安心して乗れる事を伝えて僕は先に進みます。うん、みんな乗ってきましたね。

それにしても僕が驚いているのは、通路に宇宙空間が映し出されているんですよ。この世界の宇宙は星が4つ並んでいたり、惑星どうしが近かったり、地球では考えられない感じなんですよ。珍しいのかキョロキョロ周りを見るデノンさん。一方、「綺麗なものですわね」とゆったり構えるユーリ様。「凄え。何だこの空間」とテラの面々は驚いています。「実に面白い！」と声を上げるいつになく楽しそうなシュバルツ様もいらっしゃいます。

僕もワクワクしてきました。終点地点に近づくと聞こえてきたのがあの音楽です。動く歩道を降りると旅行代理店のカウンターに、様々なポスターが貼られ、パンフレットが棚に陳列されています。

勿論カウンターの奥に細長く大きなモニターがあります。ピッと電源が入り珍しい様々な景観が映し出されモニターから声がします。

『ようこそ！　グランデツーリストアルコへ。私はナビゲーターのアルコと申します。以後お見知りおきを！』

モニターには旅行代理店の制服を着たミディアムヘアの女性が映っています。なんと！　始めから流暢な言葉で名乗りあげるじゃないですか！　せっかく決めてきたのに……。まあ、一緒でしたけど。

「アルコ、宜しくお願いします。まずは説明をお願いできますか？」と僕が聞くと説明を始めます。

『畏まりました。この世界旅行代理店はその名の通り、この大陸エルーシアをはじめとする世界各地へと皆様を旅にお連れする代理店となっております。現在設置キャンペーンと致しまして、今日から1週間1つの扉は無料で体験出来ます。まずは現在の情報を開示します。モニターをご覧下さい』

アルコが開示した情報には……

【グランデツーリストアルコ】
〈設定〉
〈旅行先リスト〉
〈スタッフ登録〉

「これがメイン画面です。次に〈設定〉を開示します」

〈設定〉
［世界旅行代理店内管理機能］ 1日消費MP2600
［ツアーコンダクター］ 初期設定　ON／（OFF）

「更に旅行先リストです」

〈旅行先リスト〉
1・碧への誘《いざな》い　約2時間コース　＊キャンペーン中につき無料
（オーナーがパンフレット購入後新たな扉が設置されます）

『スタッフ登録に関してはグランデ本館と一緒です。現在はまだ設定されていない機能もございます。まずはカウンター脇の通路を通り、碧への誘いの扉が利用可能です。ご利用なさいますか？』

アルコに言われるまでもありません！　みんなが期待しているのです。それを試しにきたんですからね。


そして……

「すっげえな！　本当にいたんだな！」

「まさか見る事が出来るとは！」

「あれは普通に生きていても見ることは出来なかっただろうな」

「ああ。言葉に出ない」と、体験後はテラのメンバーは興奮状態です。あのジェイクさんですら興奮しているんですよ！

「素晴らしい経験でしたわ」

「ああ、これは長く生きていても見られるものではない」

「くああ！　まだまだ知らない場所があったのか！」

「結構迫力あったわぁ」

ユーリ様達もかなり楽しんだみたいですね。その中でも「なんて、なんて楽しいんだ！」と感情を珍しく全面に出すシュバルツ様。みんなが興奮するのも当然です！　が、これで領主様達ご家族にご案内できる良い場所が出来ましたね。ん？　皆さんも気になりますか？　領主様達のときにご紹介しますが、仕方ないですねぇ。じゃあ、少しだけですよ。

「海はロマンだ！」

ああ！　親父さん！　僕が言いたかったのに！

5章

領主様を歓待しましょう

「やあ、この乗り物は良いね」

「全くです。こんなに振動がなく座り心地の良いものはなかなかございませんから」

ニコニコ顔の領主ジウ様と執事のバスターさんが、サムさんが運転する高級ＳＵＶに乗っています。勿論僕も一緒ですよ。そうです、僕らはグランデターミナルレンタカーショップにいます。あ、因みに、今日のこのレンタカーのセレクトはなんとデノンさん！

「これ格好いいだろう！」とイチオシでした。……確か日本では泥棒さんが欲しい車Ｎｏ．１だったような。３列シートで悪路走行も可能な高級ＳＵＶですよ。領主様だから奮発したんでしょうねぇ。

ところでなんでこっちに先に来ているかって？　それはサムさんによると……

「え？　だって出張扉の事話す為にジウ達招待するんでしょ？」

いや、全くもってその通りです。ええ視察中ですからね、亜空間通路《ターミナル》が先になりますよねぇ。

え？　忘れてなんか……はい、すみません。すっかりホテルがメインだと思ってました。

サムさんから連絡があって、僕と護衛のセイロンが向かったのは亜空間通路《ターミナル》です。僕達がホテルから亜空間通路《ターミナル》に入ると、既に領主様ご一行とサムさんがいました。

「やあ、トシヤ君。お待たせ。ジウ、こちらがオーナーのトシヤ君、それにトシヤ君の護衛のセイロンのメンバーだよ。トシヤ君、こちらが領主のジウと執事のバスターだよ。後ろの2人はジウの護衛だね」

サムさんが紹介して下さったので、慌てて片膝をつき領主様に挨拶をする僕。

「お初にお目にかかります。この亜空間通路《ターミナル》とホテルを経営しております、トシヤと申します」

これで良いかな、と不安な僕に構わずすぐにサムさんが僕を立たせます。「なーにやってるの。ジウだもん、大丈夫だよ」と笑いながら言うサムさんですが、心配になって領主様の方を見るとニコニコしていますねぇ。

「全く、サムさんには敵いませんね。ああ、トシヤ君といいましたか？　私は堅苦しいのが苦手でしてね。いつも通りにしていて結構ですよ」

そんな親しみ易いジウ様はやはりダニエルさんの弟さんですね。こちらもナイスミドルな男性です。でも体格はジウさんの方がいいですかね。

「全く、少しは領主の威厳を持って下さいませ」

頭を抱えているのは片眼鏡が似合うオールバックの執事のバスターさん。白髪の執事さんです。因みに、体格のいい護衛の青年2人は、赤い短髪の方がグエルさん、緑の短髪の方がビクスさんだそうですよ。

「いいじゃないか。それよりもトシヤ君。今回は妻と三男の息子を連れてきていてね。僕が視察している間君のホテルで休ませてもらえないかい？　兄のダニエルに聞いて、楽しみにしていたんだよ」

ジウ様が話し終わると商業ギルド側の扉がガチャッと開きます。

「父様？　そろそろよろしいですか？」

おや、サーシャさん達と同じくらいの子が入ってきましたね。あの子がキリク君でしょうか？いいところのお坊ちゃんって感じの子です。幼いですが言葉使いはさすが綺麗ですね。

「もう少し我慢が必要ですわね、キリク。貴方、キリクが入ってしまいましたわ。よろしかったかしら？」

今度は綺麗なご婦人ですねぇ。奥様のクライス様でしょうか？　可憐な感じの方ですね。

「ああ、大丈夫だ。おいで、キリク」

「はい、お父様」

近づいてきたキリク君を抱き上げ、隣に並んだ奥様のクライス様の頬にキスをするジウ様。ご家族仲がよろしいのですね。

「旦那様、そこはしっかりと叱って頂かないと。全く甘すぎですわ」

今度はメイドさんです！　おお！　生メイドさんですよ。ついテンション上がってしまいましたが、若くて綺麗な人です。しっかりしていそうですね。教育係も担っているのでしょうか？

「ニーナ。ここは邸ではないのですから、貴方もしっかりなさい」

「あ、すみません。ロクサメイド長」

やんわりとした雰囲気の30代くらいの女性でしょうか。言うべき事はきっちり言うタイプの方なんですね。それに続いて奥様の護衛の方が2名入ってきます。こちらも体格の良い青年で、黒い短髪のガイさん、長めの金髪を一纏めにしているのがマックさんだそうですよ（バスターさんが僕に紹介してくれました）。

それならお待たせしてはいけませんね。グランにシュバルツ様を呼んで頂き、キリク君と奥様達のご案内を任せようとしたんですけど……

「シュバルツ様！　まさか本当にこちらにいらしていたとは！」

「ああ、今はグランデホテルのスタッフの1人ですからお気になさらず」

畏るジウ様クライス様とシュバルツ様とのやり取りがありましたね。まあ、元宰相に案内してもらうなんて滅多にないでしょうから驚きますか。うちでは慣れて下さいね、ジウ様クライス様。

そしてにこやかなシュバルツ様の後を、畏まりながらついていくクライス様やキリク君達を見送り僕らもようやく視察に入ります。流石は領主様。ニコニコ表情を変えずにレンタルオフィス、オープンラウンジ、貸店舗、レンタル多目的ホール、ついでに大型トイレも視察し、現在はレンタカーショップです。

「これは貴重な体験をしたね」

「これで常に移動したいものです」

にこにこ冷静なジウ様とバスターさん。ここまで冷静だとなんとなく驚かしてみたいものですねぇ。するとススススッと僕の横に来るサムさん。

「トシヤ君、次はどこいくんだい？」

「次はホテルの会議室に行って、例の『街と共に歩む上質な時間』の説明をしようと思っていましたが、どうしました？」

「それも大事だけど、ここまで驚かないのも面白くないでしょう！　こんなに見た事のないものだらけなのに！」

小声ですが、どうやらサムさんも驚かしてみたいようです。それは確かに。護衛の２人は声には出してないものの、表情が面白かったので、僕はまぁ良いかとも思っていたのですが。ならば……

「では、サムさんも知らないところにご案内しましょう。既に僕らグランデスタッフは経験済みですが、大変興奮を誘う施設なんですよ！　ここなら……」

「大変申し訳ございません、お二方。まる聞こえでございます」

ボソボソと話していたはずですが、ポンポンと冷静なバスターさんに肩を叩かれてしまいました。見ると苦笑したジウ様と笑いを堪えている両方の護衛の姿が。

「ブハッ！　駄目だあ！」

「ブッ！　アハハハ！　ゼ、ゼノ失礼だぞ！」

「ハックだって笑ってるじゃねえか！」

「ちょっと2人共、領主様の前よ」

そう言ってるケニーさんも笑っています。やれやれと腕を組んでいるヒースさん。まだ笑いを堪えるグエルさんとビクスさん。顔真っ赤ですよ？

「バレたら仕方ない。ジウ、バスター！　2人共のその余裕を絶対壊して見せるからね！　という事で、宜しくトシヤ君」

丸投げですか、サムさん。でもこれは自信ありますよ～。

「ではまずは当ホテルへ向かいましょう。神秘の碧い海へとご案内します」

僕の言葉に「お！　やった！」「俺らまだ行ってなかったんだよな」とセイロンのメンバーはすぐに反応します。

「なんの事かわかるかい？　バスター」

「いいえ存じあげません」

一方、領主組は理解できてない様子。ふふふ、驚きますよー。そんな思惑と共に早速ホテルへ向かいます。サムさんが領主様側の入館者登録を既にしてくれていたのでスムーズです。すると正面入り口には既に待機していたシュバルツ様、サーシャさんの姿が。

「ようこそいらっしゃいました！」

元気な声でサーシャさんが迎えます。

「ようこそ亜空間グランデホテルへ。既にご用意はできております」

シュバルツ様流石ですねぇ。キリク君クライス様達を1階へご案内してくれています。キリク君、クライス様は待っている間それぞれ楽しんだようで、ジウ様に怒濤のように感想を伝え合っています。

メイド長さんから詳しく聞くバスターさんや、興奮気味に伝え合う4人の護衛の姿もありますねぇ。僕はこの様子を見るだけでなんか満足しましたが、サムさんも驚かせたいですからね。

「では皆さん、世界旅行代理店へ向かいましょう」

一旦皆さん話し合いを終わらせて僕に付いてきてもらいます。世界旅行代理店に向かう通路の動く歩道で「うわあ！　道が動いている！」と感動するキリク君。投影されている宇宙空間に驚いたり、感動したりするクライス様やメイド長やニーナさん。「これこれ、この反応だよ！」と言うサムさん。

でも流石に宇宙空間の投影には驚いたのでしょう。ジウ様口が空いてますよ。バスターさんは少し目が大きくなったの僕は見逃してません！　いい感じです。まあ、護衛組はもはやワイワイ賑やかにしてますけどね。

動く歩道の終点に着き、グランデツーリストアルコのイメージソングが僕らを迎えます。そして大型モニターに映し出される様々な景観と歓迎するアルコ。

『皆様！　グランデツーリストアルコへようこそいらっしゃいました。現在、碧への誘いの扉が開放されています。無料キャンペーン中の今がお得です。さあ！　神秘の海への旅をお楽しみ下さい！』

アルコの紹介が終わると、カウンター横の通路からギイイッと扉が開く音が響きます。

「さあ、皆さん移動しましょう」

ここからは僕だけが今の所経験済みなんですよね。

さあ、皆さんも一緒に海の旅に向かいましょう！


『アテンションプリーズ。ご乗船ありがとうございます。当船内は安心、安全、快適をモットーに運行致しております。間もなく出航致します。ご乗船の皆様はシートベルトを着用してお待ち下さい』

2回目ですがワクワクしますねぇ。何せ本物のクオーク海の探索です！　毎回違う体験が出来るそうですよ。いやぁ、楽しみです。

「ここは一体……？」

ジウ様が驚くのも無理はありません。扉をくぐり抜けると青い光に照らされた室内。ゆったりとしたリクライニングソファーが間隔を空けて半円状に並んでいます。その席およそ50席。海のさざなみの音と共にアルコのアナウンスが入ります。

『皆様まずは席にお付き下さい。席は自由席となっております。どの席も上質な素材で作られたリクライニングソファー。足元もゆったりとした空間をとり、どんな体勢になられましても周りのお客様のご迷惑にはなりません。お気軽に自由なお席をお選び下さいませ』
アルコのアナウンスに動き出す皆さん。ジウ様ご家族は3人揃って並んで座っていますね。キリク君がはしゃいでいます。はしゃいでいるといったらウチの護衛チーム。リクライニングソファーは回転もするんですよ。ゼノさん、ハックさん遊んでいますねぇ。ヒースさんケニーさんはお構いなしに静かな場所を選び座って楽な姿勢でいます。
領主様方の護衛チームは3人を守る体制ですね。前後左右に少し距離を空けて座っています。問題はメイド、執事組。「領主様がいらっしゃるのに座っていられません」と近くに座らず立っているんですよ。職務に真面目なのはいいのですが、座ってもらわないと出航出来ないというアルコのアナウンスが流れようやく少し離れた席に座ってくれました。あ、サムさんは僕の近くに座ってますよ。ワクワクしているんでしょう。身体が揺れています。うんうん、わかります。

全員が席に着くとフッと室内が真っ暗になります。そして冒頭のアナウンスが流れます。ざわざわする室内。

『お待たせいたしました。まずは当船の全容をお見せ致しましょう』

アルコのアナウンスが終わると上からゆっくり天井が開いて行きます。

「うわぁ！」

「まあ！」

「これは！」

「……綺麗」

皆さんの歓声が室内に響きます。それもそのはず上は海面近くなのでしょう。光が水面でゆらゆら揺れていて海の中に光が差し込んでいます。そして目の前にはカラフルな魚達が群れをなし泳いでいきます。そして室内の床が透明な床に変わり、見事な珊瑚礁が足元に広がっていきます。これにまずは感動するんですよねぇ。

「どういう造りなんだ？」

「水は入ってこないだろうな？」

領主側の護衛は真面目ですねぇ。しっかり現状確認しています。ウチの護衛は「うわぁ！　綺麗～！」「凄ぇ！」としっかり自分達も楽しんでますからねぇ。安全ですからいいですけどね。

『当船は全面フルオープン、どの角度からも楽しめるように設計されていますが、海の水圧、水流、物理耐性は亜空間同様の設計になっており完璧です。安心してお楽しみ下さいませ。ではまずは推進力を呼びましょう』

船からピイィィィィという音が海中に響きます。すると「ピューイ」という声が聞こえてきました。

「お父様！　アレって！」

「ああ！　ビットフリーシーホースだ！　……本当にいたのか……」

おや、キリク君、ジウ様は知っていたんですねぇ。僕からすると大きなタツノオトシゴですよ。異世界ではデカいんですよねぇ。面白いのはビットフリーシーホースの頭に装着出来る装置があって、この船体とドッキングするんですよ。

『さあ、皆さんお待たせしました！　出航です！』

アルコの声に反応するビットフリーシーホース。「ピューイ！」と鳴き動き出します。ゆっくりと動き出す景観。揺れもなくスムーズに海の中を進んで行くビットフリーシーホース。

魚達が目の前を足元を、船体の横を並行するように泳いで行きます。アルコの説明によると、ビットフリーシーホースは大人しい性格の為小魚達が常に側にいるそうですよ。綺麗ですねぇ。

『さて、皆さんは海の皇帝といえば何を思い出しますか？』

しばらく進むと不意にアルコからの質問が入ります。船内はざわざわし始めてみんなが口々に「なんだ？」「知ってるか？」と声に出しています。

「グラスモチノウオ。通称エンペラーフィッシュ。体長5メートルにも成長し大型な割に泳ぎが速い。美食家には垂涎の的だね」

なんとジウ様が答えました。「お父様が言っていた魚類だね！」とキリク君。なるほど、キリク君はジウ様の影響で海の事がわかるんですね。

『その通りです！　また王が被る王冠をつけているような見た目の為その名が付いたと言われています。味も一級品ながら美容にもいい魚です。本日のビュッフェレストランのメイン食材となっている魚の群れがこちら！』

大岩の向こうに見えてきたのは、グラスモチノウオの群れ。今までは悠然と泳いでいましたが、ビットフリーシーホースが現れて凄い速さで泳ぎ去っていきます。

「うおー、はええ！」

「あっというまに居なくなったぞ！」

領主側の護衛達も声を上げるようになりましたね。うん、みんな夢中になってきましたね。でもここからですよ。

『ではジウ様に問題です。海の宝石はご存じですか？』

「まさか！　そこに連れて行ってくれるのかい!?」

アルコの質問に身を乗り出すジウ様。おお！　いい傾向です。ジウ様も素が出てきましたね。サムさんうんうん頷いています。そうか、ジウ様海の生物が好きだったんですねぇ。

『勿論！　さあ行きますよ！　ビットフリーシーホース！　急潜水です！　皆さんしっかり摑まって下さいね！』

景色が凄く早く斜めに流れていきます。段々と暗くなり真っ暗な船内。

「光はつけないのか？」

「真っ暗で何も見えん」

ゼノさんハックさんの声が聞こえてきました。もう少し待って下さい。……ほら来た。

ポウッと海底に似つかわしくないオレンジの光が出て来たかと思えば、黄色、ピンク、赤、紫、黄緑と色がポポポポッと増えていきます。真っ暗だった海底が一面カラフルな光で溢れ出しました。

「ジュエリーフィッシュの群れに会えるという事は……！」

ジウ様がキョロキョロと何かを探しています。すると出てきました。悠然とジュエリーフィッシュの間を泳ぐ金色に輝く髪の長い女性の姿が。

「セイレーンだ……」

ジウ様の目から感動の涙が溢れ落ちています。アルコによると、本来上半身は人間、下半身は鳥の魔物。海の中では変化すると言われているが、誰もその姿を見た事がないという深海での姿。

空を自由に飛び回る羽根の代わりに、推進力が増す長い尾びれに鱗が生えた下半身。ジュエリーフィッシュの光に負けない金色の光が下から上がってきます。

「なんて綺麗なの……」

口を抑え涙を流すクライス様、圧倒的な光の洪水に船内のみんなはただただ圧倒されているようです。優雅に楽しそうに踊るセイレーンとジュエリーフィッシュの間をビットフリーシーホースはゆっくり泳いでいきます。

しかし、永遠に続くと思われた光の共演が一瞬にして消えます。まさか！　また出ましたか？

「きゃあ！」

「何これ！」

「お父様！　この吸盤は！」

キリク君が叫ぶ通りビットフリーシーホースや船外にビッタリ張り付いているのは……

「クラーケンか!!」

ジウ様が叫んだ通り大型のクラーケンがまた出ました！　そうまたなんですよ。前回も襲われたんですけどね。大丈夫。見てて下さい。一瞬海底が昼間のように明るくなり、目を開けるとクラーケンの足が外れて暗い海底に落ちていきます。そう、これはビットフリーシーホースの特性なんです。並外れた量を帯電しているビットフリーシーホースは、危険を感じると対象物にのみ電気を流し感電させるのです。

実は海の覇王という異名を持つビットフリーシーホース。優しく強い海の生物の守り神みたいなものなんですって。そして感電したクラーケンはどうなるのか……来ますかねぇ。

ズオオオ……と海底に地響きが鳴り響くと、大きな大きな亀の首が現れクラーケンを咥えて暗い海底に消えていきます。

「まさか幸運の守り神まで……」

ジウ様大丈夫ですか？　凄い涙顔になっていますよ。これには隣に座っていたクライス様がハンカチを渡しています。キリク君は「すっげー！　すっげー！」と普通の子のようにはしゃいでいます。

アレ？　バスターさんは？　と様子を見ると、こちらはメイド長がハンカチを貸していますねぇ。どうやら自分のハンカチはすでにニーナさんに貸してしまった様子。もしかしてジウ様の海の生物好きはバスターさんからでしたか？

その間も上へと泳ぎ続けるビットフリーシーホース。景色は明るい碧の世界に戻ってきました。

珊瑚礁が広がる光差す海を悠然と移動し、終着地点に着いたようです。

ガコン……船体が扉とドッキングしたようですね。同時にビットフリーシーホースから船体が外れ、「ピューイ」と鳴いて離れていきます。そう戻ってきました。


船内がパアアッと明るくなり、アルコのアナウンスが入ります。

『ご乗船おつかれ様でした。扉は世界旅行代理店と無事繋がっております。お帰りの際はお足元にお気をつけてお戻り下さいませ。本日はご利用ありがとうございました』

海のさざなみの音と共にアナウンスが終わっても、誰も立つ人はいません。1回目もそうだったんですよ。

「皆さーん！　着きましたよー！　さあ、ホテルに戻りましょう」

どうやら僕の間の抜けた声でみんな正気に返るんですよねぇ。

そしてここからが長いんです。

「なんて凄い体験をしたんだ！」

「海の中ってあんなに綺麗だったのね」

「遂に会えたぞ！　バスター！」

「ええ！　坊っちゃま！」

「凄え面白かったな！」

「これもう1回乗れねえかな」

「すごーい！　本当にいたんだねー！」

「キリク様！　お気持ちはわかりますが、はしたないですよ！」

まぁ皆さん興奮して動かないんですよ。次の課題点は、いかにして速やかに退去してもらうかになりそうですねぇ。

「いやー、トシヤ君！　最高だよ！　あのジウとバスターの泣き顔が見れたんだよ！」

サムさんも興奮してますねぇ。飲んでいるのはオレンジジュースですけど。あ、僕らは今休憩所のフリードリンクコーナーにいますよ。

興奮した世界旅行代理店の後、食事の前に領主様御一家は大浴場で汗を流しています。領主様達ですからね、貸切にして楽しんでもらっています。で、僕らは休憩所で待機中なんですけど、まぁサムさんのテンションが高い事。サムさんによると、ジウ様達は普段から真面目に領地経営をしていて、休む間もなく働いているんですって。で、心配していたサムさんは、なんとか楽しんでもらいたい、という意味も込めてここに連れてきたそうですよ。なんか、サムさんらしいですねぇ。

因みに待機中となればこの方達も待機中です。

「あの『碧への誘い』の扉は最高だよ。私もまたキャンペーン期間中にもう1回乗ろうと思ってね」

「お父様、その時はご一緒致しますわ」

「良いですねぇ、その時は私もご一緒させて下さい」

すでに経験済みのシュバルツ様もう1回乗るみたいですねぇ。ユーリ様、イクサ様も御一緒するみたいです。ん？　イクサ様その紙束なんです？

「あれ？　父さん何持ってるの？」

サムさんも気づいたみたいです。

「これは試しに世界旅行代理店から貰って来たサンプルだよ」

イクサ様がテーブルの上にバササッと置きます。……まさかパンフレット全部持ってきました？

広げられたパンフレットからおもむろに1枚取って見るシュバルツ様とユーリ様。僕もそういえば見てないんですよね。どれどれ……

『大地の赤への誘い』ですか。これは！　マグマの中に船が浮いてますよ！　ええ！　まさかの潜水艇ですか？　コレ。いや、違いますね、車にもなってますから、まさかのマグマと陸両用ですか！　僕と同様1枚1枚見ては驚く皆さん。

「こ！　これは！　トシヤ君。『ヴェールルズ紀行』に載っていたグロリア旧古代都市！　ええ!?本当にあったのかい？」

サムさんは『古代文明への誘い』を見ていますね。

「まあ！　こちらは各季節の花が咲き乱れていますわ。もしかして噂で聞くフロージア島かしら？」

ユーリ様は『風光明媚への誘い』を見てます。

「これは……渓谷かな？　こんな色合いで波打つ大地といえば、ビフラス渓谷しか……。でもあそこは周りが危険なAランクの魔物ばかりの場所なんだが」

イクサ様が呟いているのは『風の痕跡への誘い』です。なんだか物騒なところじゃないですか！　そんなところどうやって観光するんでしょう？

ところで動かずジッとパンフレットを見つめているシュバルツ様。どうしたんでしょう？

「……トシヤ君。良ければ次はここを開いてみないかい？」

シュバルツ様が僕の前に出してきたのは『地底湖への誘い』です。これに関しては後でお知らせしますね。どうやら領主様達が戻ってきたようですから。

「皆さんお待たせしました。まさかうちの邸より大きく広いとは。思わず長湯してしまいましたよ」

「凄く気持ちよかったです！」

ジウ様キリク君がホカホカ顔で出て来ました。バスターさんや護衛の2人は後で入るのが楽しみなのかニコニコ顔です。クライス様はどうやらまだみたいですね。女性はお風呂の後が長いですから。ええ、木陰の宿の女性陣で経験済みですとも。

シュバルツ様達もすぐに切り替え、立ち上がってジウ様達をご案内します。

「では、食事までまだ時間がございます。それまで当館自慢のエグゼクティブフロアにご案内致します」

シュバルツ様が先導してジウ様キリク君達をお連れします。僕も一緒です。実は増えていたんですよ、コレ。

【名称】亜空間グランデホテル

【設定バージョン７】

１・カプセルホテルＡタイプ
２・カプセルホテルＢタイプ
３・ビジネスホテルＡタイプ
４・ビジネスホテルＢタイプ
５・シティホテルＡタイプ
６・シティホテルＢタイプ〈エグゼクティブスイート〉
《バーラウンジ（エグゼクティブフロア内）ＭＰ６万》ＮＥＷ！↑コレ
です。
７・リゾートホテルＡタイプ〈コンドミニアムモデレート〉

【バージョンアップ】０／10万（魔石数）
（リゾートホテルＢタイプ　コンドミニアムスーペリア）

【限定オプション店】コンビニエンスストア
漫画喫茶ＧＲＥＥＮ　ＧＡＲＤＥＮ
会議室３部屋＆館内Ｗｉ－Ｆｉ
ビュッフェレストランＯＴＴＩＭＯ《オッティモ》

グランデツーリストアルコ
B1 フィットネスクラブ（ジム・トレーニング器具）
B2 温水プール・脱衣室・簡易シャワー付き
スパリゾート　MP15万　＊リゾートホテル Bタイプ開放後購入可能。
【館内管理機能】 1日消費MP9400
【フリードリンクコーナー補給】 1日消費MP1500

バーラウンジですよ！　領主様達を休憩所のフリードリンクコーナーで飲ませるわけにはいかないなぁ、と考えていたら見つけたんです！　という事で設置する事に。

初めてエレベーターに乗るジウ様御一行は珍し気にキョロキョロしています。あ、ジウ様当人とバスターさんは通常通りですよ。もう元に戻っちゃいました。

ポーン……

「3階エグゼクティブフロアでございます」

アナウンスの後ドアが開くと、これには「ほう」「これはまた」とジウ様とバスターさんから反応ありましたね。勿論「お父様！　凄い綺麗です！」とはしゃぐキリク君に、護衛のグエルさんとビクスさんから「うわ」「凄ぇ」は頂きましたよ。

『ようこそグランデホテルエグゼクティブスイートへ。このフロアのコンシェルジュ、グランJr.でございます。お気軽にジュニアとお呼び下さいませ』

ジュニアからの歓迎の挨拶があり、シュバルツ様が宿泊するエグゼクティブスイートの部屋をご案内します。御一行が部屋に入るのを見送ってから、僕の設置の時間です。ふふふ、今回はサムさんにも設置の事は言わないで来ましたからね。驚いてもらいましょう。

「エア、バーラウンジの設置をお願いします」

『畏まりました。バーラウンジＭＰ６万を消費致しまして設置致します』

エアが話し終わるとエレベーターホールの隣が光り出します。光が収束すると現れたのは黒い壁が基調のバーラウンジ。壁には『グランデバーラウンジ・憩』とあります。「いこい」と読むんですかね。

入り口から入って見ると奥にはカウンター席５席、手前には４人掛けのテーブル席が３つ配置されています。どれも黒とはいえ洗練された雰囲気を醸し出しています。

カウンター席の奥にはバーらしく様々な種類のお酒がズラリと並んでいます。そしてやはりあった、カウンターの端から端まである横長の大型モニター。ピッと電源が入り、爽やかな光が差す森林の風景と共に現れたキリッとしたバーテンダーの格好の青年。あ、もしかして……

『オーナーようこそ、グランデバーラウンジ・憩へ。ここも私ジュニアが担当致します。店内をご説明させて頂きます』

やっぱりジュニアでした。ジュニアは好青年って感じですね。ジュニアの説明によると店内は、ペンダントライトやウォールライトが程よく照らす、大人の寛ぎがコンセプトの設計だそうです。

そしてカウンター席奥にも、ゆったりとした雰囲気で背もたれもあるコの字型のソファー席が何席かあり、こちらは貴賓席として用いるそうですよ。

更に特徴的なのがテーブルやカウンターに、雰囲気を壊さず黒い石板が設置されているんです。これキイの喫茶店にあったのと一緒ですね、と思ったらそれより性能が上がっていて、完成されたカクテルや料理が出て来るそうですよ。ウェイター要らずですね。勿論飲み終わったものもその上に置くと瞬時に戻されます。洗い物は亜空間で洗浄、亜空間保管庫に収納されるそうです。凄い仕組みですよねぇ。


あ、この店メニューないんですよ。どうやら、ジュニアにお任せらしいです。例えば「予算〇〇〇〇〇位」「サッパリとしたもの」「ちょっと強めのもの」等その時の飲みたいものや食べたいものを注文してもらい、その希望にあったものを提供するお店らしいです。僕こういう店行った事ないですから、何が出てくるか楽しみですねぇ。

『本日は設置記念キャンペーン中にて無料で提供させて頂きます。また《亜空間グランデホテル設定》に【グランデバーラウンジ・憩補給】１日消費ＭＰ２５００の項目が増え、オーナーの毎日の消費ＭＰが増えますが宜しいでしょうか?』

「勿論大丈夫ですよ。清掃も消費ＭＰも増えるんじゃないですか?」

『そちらはまだ余裕がありましたので大丈夫です』

おお、それは良いですね。さて、確認しましたし皆さんを連れてきましょうか。って、あら?

「オーナー、いきなり施設が増設されると案内する私の立場が無くなります」

あ、シュバルツ様何か笑顔怖いですよ。おや、ジウ様達も既にご来店でしたか。

「あ、その。今日は設置無料キャンペーン中だそうです。少し皆さん休んでいかれませんか？」

「誤魔化しても駄目ですよ。今後設置には私が立ち会う事にして下さいね」

笑顔で何やら迫力のあるシュバルツ様に謝りつつ、ジウ様達を貴賓席にご案内します。

「これは落ち着くね」

「お父様、僕大人になったみたいに感じます」

ジウ様の嬉しい言葉と微笑ましいキリク君の感想にほっこりしますねぇ。

バスターさんはモニターのジュニアと打ち合わせをし、護衛の2人もカウンター席に着いてもらいます。「ええ！　俺達も？」と動揺しつつも嬉しそうです。今はまだ飲めませんからね、と言うとガッカリしていたこの2人も酒好きでしょうかね？

余談ですけど、バーラウンジでもソフトドリンクやコーヒーって飲めるんですねぇ。僕ノンアルコールやシロップジュースなのかなぁって思ってました。

皆さんに食前ですからコーヒーを、キリク君には100パーセントジュースを提供し、バーラウンジで流れているクラシックに浸っているとニーナさんが来店。おや、クライス様直接ビュッフェレストランに行くみたいです。クライス様は後でゆったりここで過ごして頂きましょう。食事の時間まで僕もここに居ましたが、居心地のいい店って時間過ぎるの早いですよね。

丁度良い時間になったので、今度は食事に向かいます。今日のメインはエンペラーフィッシュですよ！　楽しみです。今度はバスターさんも一緒に食べましょうよ。

ビュッフェレストランでは、ティモが腕によりをかけたみたいです。種類が様々ありました。なかでもエンペラーフィッシュのマリネとエンペラーフィッシュステーキ（ソースを添えて）は絶品でしたよ。

ジウ様やキリク君、クライス様は個室や食事に満足していました。僕とサムさんも一緒の個室で食べたんですけど、バスターさんやメイド長さんが僕らの分も盛り付けて運んできてくれたんです。流石盛り付けが上手い！　少量ずつですがお腹がいっぱいになりつつ、目も楽しませてくれました。まぁ結局バスターさんとは一緒に食べられませんでしたけど。仕事熱心ですからねぇ。

そしてバーラウンジ・憩が話題に出て……

「ちょっと！　聞いてないよ！」

やはりサムさんに怒られてしまいましたねぇ。結局食後にまたバーラウンジに戻ってきました。

貴賓席のメンバーはサムさん、僕、シュバルツ様、ジウ様、今日も泊まりに来ていたブライトギルド長、此処にもはや住んでいるヤンさんです。ユーリ様とイクサ様はカウンター席でゆったり飲んでいます。

領主様の護衛メンバーは1階のフリードリンクコーナーで飲んでます。今日はジウ様に僕が交渉して飲めるよう機会を作ってあげたら、「良いのか！」「くう〜！　来てよかった！」と言ってセイロンを始め、戻ってきたテラとクライムメンバーと酒盛りが始まっています。

クライス様とキリク君はエグゼクティブスイートの部屋でそれぞれキイ厳選の映画鑑賞中。クライス様は王女様と新聞記者のロマンティッククラブストーリーの名作です。綺麗なんですよね、あの女優さん。キリク君が見ているのは、こちらも名作。夜の博物館で動く展示物達の映画です。僕小さな人形役の2人好きでしたねぇ。

そしてバスターさんは勿論こちらにいますよ。座らずにずっと立って給仕してくれるんです。飲み物はテーブルに出て来るので手を伸ばせば届くのですが……職務を全うする姿勢は素晴らしいですね。

「こんなところを知っちゃうと通いたくなるね」

ジウ様が飲んでいるのはエヴァンス地方の赤ワイン。

「そうでしょう！　僕は通えるもんね」

サムさんは今日はブルガレアの白ワインの気分だそうです。

「仕事終わりに良いね」

シュバルツ様はカクテルの王様マティーニを味わって飲んでいます。

「俺は下の雰囲気が好きだがな」

庶民派なブライトギルド長はウィスキーをロックで飲んでいます。お好きですねぇ。

「ギルド長にはここは勿体ないですよ」

マルガリータをゆったり飲むのはヤンさん。これ「永遠の愛」って意味があるそうです。キャシーさん愛されていますね。え？　僕ですか？　あんまり飲み慣れていないので、初心者定番モスコミュールです。ウォッカベースですけど、僕酔わないですからね。

さてこのメンバーが揃うとなると話題は今後の話。ジウ様が話を切り出します。

「さて、みんな揃ったところで私のこれまでの感想を言おうか。このホテルは未だ成長中だね。それでもこれだけの設備と感動を味わえるのは素晴らしいとしか言いようがない。それにトシヤ君の言う『街と共に歩む上質な時間』も報告書にて既に確認済みなんだ。この企画も領地活性化の一役を担うものとなる。私は大いに賛成だ」

おお！　良い感じで進みそうですね！

「……だが、素晴らしすぎるものも問題でね。バスター」

「この施設、とりわけ亜空間通路《ターミナル》の存在は国にとって脅威ともなり得ます。地方同士が手を組んで反乱を企てているとも解釈できますし、経済の一極集中化の現象も予想されます。これにより他領地の人口減少、衰退の可能性も生まれてきます」

んん？　何やら話が難しくなってきましたよ。

「そうか、やはり国に話すべきだと言うんだね、ジウ」

「その通りです、シュバルツ様。この件はシュバルツ様がここにいるからこそ進言させて頂きます。亜空間通路《ターミナル》は国の更なる発展の起爆剤となる可能性を秘めています。一領地の判断で決定するにはいささか重すぎるかと」

ジウ様が真っ直ぐシュバルツ様を見据えて話しています。

「まあったく、真面目な男だよねぇ、ジウってば。試験運用って逃げ道もあるのに」

「サム、だからこの男は信頼出来るのだろう？」

「まあ、爺ちゃんの言う通りだけどさ。こっそりやって驚かしたかったのにな」

サムさんこう言ってますが、シュバルツ様達を呼んだのはこういう意見が出ることも予想してですよね。僕には考えつきませんでしたけど。

「まあ、冒険者ギルドとしてもその方が動きやすいのは確かだ」

「ええ、ギルド長は伝手が少ないですし」

「ヤン！　それを言うな」

「それはそれとし、伝えるならば早い方がよろしいですね」

ヤンさんギルド長を軽くあしらってますが、普段が普段ですからねぇ。この2人どこまでいってもこんな感じなんでしょう。

「そうだね。またこの老体に鞭打つ日が来ようとはね。ところで現国王はあの泣き虫で良いのかな？」

シュバルツ様国王を泣き虫って……

「ああ！　泣き虫ライル！　なんか懐かしいね」

……サムさんもそういえば推定年齢200歳以上ですもんねぇ。国王形無しですね。シュバルツ様にとっては国王もまだまだ赤子でしょうし。と言うか、どんだけ長く宰相の座にいたんでしょうね。凄すぎて考えつきません。

「お2人だからそう言えるんですよ」

頭を抱えるジウ様と苦笑いのバスターさん。

「なら、まずは繋げるべきは王都だな」

「交渉役は私達がいますわよ」

どうやら話を聞いていたイクサ様とユーリ様。

「コッチはデノンがいるしな」

「様をつけなきゃ不敬ですよ」

ブライトギルド長とヤンさんも加わってきます。まあ、デノンさんとブライトギルド長の事は置いといて、なんて心強いのでしょう。ウチにいるスタッフ！

「ねえ、ライルの奥さんって今どうなってるの？」

僕が感動しているとサムさんが気になる事を言い出します。

「モレア様は依然として変わらずと聞き及んでおります」

それにはバスターさんがすぐに返答しますが、僕には疑問が湧き上がります。

「すみません。話を折るようで申し訳ないのですが、魔法で治せるのではないのですか？」

「トシヤ様。魔法も万能ではないのでございます。とりわけ病気に関しては手探りで回復方法を探している現状でございます」

僕の質問にすぐに返答してくれたのもバスターさん。「そうか、トシヤ君はそういうのがわからないんだっけ」とサムさんも思い出してくれました。ええ、まだまだこの世界に関しては知らない事ばかりなんです。だからこそ後回しにしていたあの施設って必要なんですねぇ。

「さて、オーナー。今度は何を思いつきましたか？」

僕の様子を見ていたシュバルツ様。にっこり笑っていますが、なんか「さあ、吐け」という圧力を感じますよ？　大丈夫ですって、今回は出し抜きませんから。でも今日はもう遅いですし……皆さんはもうわかりましたか？　では明日お見せしますね。

という事でその後は先に部屋に戻らせてもらった僕。ぐっすり眠って翌朝の恒例アニメの時間です。


『グリム！　手を離すな！』

『お父さん！　お父さんまで一緒に落ちちゃう！　手を離して！』

『馬鹿言うな！　絶対離さないからな！』

『（ナレーション）手を離せばグリムは崖から真っ逆さまに落ちてしまう。崖の下は未知の領域。しかし無情な雨が2人の絆を少しずつ引き離そうとする。そして……その時は来た』

『きゃあああああ!!』

『グリムーー!』

『（ナレーション）父の手から離れてしまったグリム。果たしてグリムはどうなるのか！　待て、次回！』

「「グリム～!!」」

僕とライ君リルちゃんの叫び声が部屋に響きます。大丈夫でしょうか!?　グリムは崖から落ちてしまいました。結構高そうな崖でしたよ。

「グリムどうなるの？」

「グリムしんじゃうの？」

心配そうなライ君に泣きそうなリルちゃん。

「大丈夫ですよ。困難に負けないグリムですよ。きっと無事です」

僕は2人の頭を撫でて安心させます。「そうなの！　グリムちゃんすごいの！」と笑顔になる2人。素直な子達です、ウチの子可愛いでしょう。まあ、朝の子供向けアニメの話ですけどね。意外に侮れません。僕も一緒になって見てしまいました。あ、でも実はレイナさんやケニーさん、ハックさんにグレッグさんも見ています。ライ君達がよく話すから見るようになったとか。え？　なんですライ君。は？　ガレムさんとジェイクさんも見てるんですか？　……意外です。

まあ、朝の日課は終えたので朝食に行きましょう。着替えも済んでから見るようにしているんです。すぐに移動が出来ますからね。

僕らはオーナールームを出て、グランに挨拶をし、今日もGREEN　GARDENに朝食を食べにいきます。休憩所では今日の護衛のテラメンバーがゆったり寛いでいます。皆さんに挨拶をして2階へ。

「おはようトシヤ兄ちゃん、ライ、リル！」

『おはようございます、皆様』

GREEN　GARDENに入るとミック君とキイから挨拶で迎えられます。僕らは注文せずとも席につくだけでいいですからね。楽なものです。ライ君リルちゃんと美味しくモーニングを頂いていると、キイから報告が入ります。

『オーナー、ご報告致します。亜空間通路《ターミナル》内レンタルオフィスにて、サム様、ベック様、ジョン様、ビル様が来訪し、年間レンタル契約手続きが完了致しました。またジウ様より亜空間通路《ターミナル》ラウンジにて朝食後に会合依頼が入っております』

おや、サムさん達はやっぱり借りるのですね。で、ジウ様達が亜空間通路《ターミナル》ラウンジで待ってると。どれ、急ぎましょうかね。

今日もライ君リルちゃんはミック君と一緒にキイとお勉強みたいです。一度覗いてみたんですけど、楽しく文字当てやお歌を歌ってましたよ。で、勿論ホテルの事についてもお勉強してました。うーん、将来が楽しみです。さてジウ様達の所へ行きましょうか。

1階に降りてジウ様達に会う事をテラのメンバーに伝えると、護衛に付いてきてくれるみたいです。

「あの顔はまた何か出すぞ」とボルクさん。ん？　僕顔に出てました？

正面玄関で靴を履き替え、亜空間通路《ターミナル》へ向かいます。ターミナルラウンジにはまだジウ様達はいらっしゃいません。先に着いて良かったです。では、少しレンタルオフィスに顔出しましょうか。レンタルオフィスの扉は開放されていて、カウンター内でビルさんが何やらゴソゴソ作業しています。

「おはようございます、ビルさん」

「やあ、トシヤ君達か。おはよう。遂に借りる事になったよ。お世話になるよ。ただねぇ……」

言い淀んで苦笑いするビルさんの理由はすぐわかりました。

「だーかーら！　僕がここに居ないと始まらないでしょう!?　ギルド長たる僕が！」

「いや、ギルド長がなんでこっちに来るんです？　私で十分です。あなたにはあっちにいてもらわないといけないでしょうが」

「それこそベックがいれば十分じゃないか。僕は最高責任者として最先端の場所にいるべきでしょう」

「あなたには商業ギルドセクト支部のギルド長としてあちらに残ってもらわないといけないんです！」

中ではサムさんとベックさんが言い合い中。ジョンさんは気にせず書類を運びこんでいます。

「おや？　トシヤ君いらっしゃい」

マイペースに仕事を進めるジョンさんが気づいて挨拶してくれましたが、ここは大人しく引き下がりましょう。軽く頭を下げて受付に戻ります。

「あー、今日は1日中あんな感じになると思うから、こちらは気にしないで。で、多分レノがこちらに来ますから、よろしく。だけどもう1人がねぇ……」

頭を抱えて悩み出したビルさん。女性達のまとめ役も大変ですねぇ。頑張って下さいと声をかけてターミナルラウンジに行くと、ジウ様達が既に到着していました。

「やあ、トシヤ君。おはよう。とても快適に過ごさせてもらったよ。おかげで調子がとても良いんだ。バスターも慢性的な肩と腰の痛みが良くなってね」

「朝から軽快に動けるのでございます。何年ぶりでございましょう。こんな爽やかな朝は」

ジウ様もバスターさんも良い笑顔で僕に感想を伝えてくれます。護衛の2人も顔色良さそうですし。なんかテラのみんなが「よお」とハイタッチしながら護衛のグエルさんとビクスさんに挨拶してますねぇ。親睦が深まったようで何よりです。

「さて今日は新たな施設を設置するんだろう？　私達はそれを見てから帰宅しようと考えているんだ。早速見せてもらえるかい？」

「勿論ですよ、ジウ様。エア、クリニックの設置をお願い出来ますか？」

『畏まりました。クリニック・薬局MP9万消費致しまして設置致します』

エアの報告が終わると後方が光りだし、一瞬で収まります。今度は後ろ側？　と見るとホテル入り口側にガラス張りの店舗が2店設置されています。それぞれのドアガラスには『亜空間通路《ターミナル》クリニック』と『亜空間通路《ターミナル》薬局』と印字されていますね。

「こうやって増設されていくのか」

「初めて承知いたしました」

やっぱり冷静なジウ様とバスターさん。「うわ！」「うおっ」という護衛2人の反応が普通なんですけどね。あ、うちの護衛はまた賭けやってますよ。ええ、名前付けのです。今回の倍率は3文字が高いです。なんかバレてますねぇ。するとエアからまた報告が。

『オーナー、亜空間通路《ターミナル》設定の情報が更新されています。情報を開示します』

エアが開示した情報は……

【名称】亜空間通路《ターミナル》
【バージョンアップ】0／100万（魔石）
　第3亜空間通路《ターミナル》NEW！
【限定オプション店】クリニック・薬局
　グランデターミナルレンタカーショップ（亜空間外走行可）
　宅配センター（亜空間外出荷可能）MP12万
　グランデAIR（グランデ空港）MP25万 NEW！　＊第3亜空間通路《ターミナル》設置後開放。
【亜空間通路《ターミナル》管理機能】1日消費MP4400

な、なんと！　第3亜空間通路《ターミナル》に空港!?　凄いの出てきました。これはますます問題案件です。便利になるのは良いんですけどね。流石に国王様に相談案件になりそうです。

あ、そういえば僕誰か忘れてませんか？

「オーナー。言った先から何してくれているんです？」

シュ、シュバルツ様。お早いお出ましで。

「グランから設置報告なければまた見過ごす所でしたね。さて、オーナー。貴方は昨日何と仰いましたか？」

ええと、その……。どうやら僕は、氷のシュバルツを降臨させてしまったようです。内覧は明日にしましょう！　僕は逃げます！


……ええ、それはもう逃げられませんでした。むしろ逃げようとした事で事態は悪化するものです。良いですか、皆さん。逃げちゃ駄目です。とりわけ頭の回転の良い人を怒らせると、どうなるのか……じわじわ言葉で追い詰められます。しかも無表情で。

「シュバルツ様、その辺りでよろしいかと。トシヤ君も反省しているようですし」

ああ！　ジウ様！　ありがとうございます！　ええ、ええもうやりませんとも！　懇願する眼差しをシュバルツ様に向けると、「はぁ」とため息を吐いてにっこりしてくれました。

「次はありませんよ」という何とも怖い言葉付きです。はい、畏まりました！　安堵し、ふうっと息を吐いて周りを見ると……アレ？　テラメンバーとグエルさんビクスさんがかなり遠くにいますねぇ。

「……やべえ、こういう怖さもあるのか」

「言葉ってああもスラスラ出るもんか……？」

「アイスドラゴンと対峙した時より圧があった……」

「……一番怒らせちゃいけないのってやっぱり人だよなぁ」

「アレに耐えたトシヤ君が凄い」

「バスターさんより怖い人いるんだな」

みんなボソボソ言っていたみたいですよ。うんうん、気をつけましょう。あー怖かった。

「さて、うちのオーナーに時間を割いて頂きありがとうございました。ではオーナーまずはクリニックから先に確認致しましょう」

いつものシュバルツ様に戻って下さったので雰囲気も戻り、ようやく内覧です。え、僕の事だからまたやるだろうって？　誰ですか、フラグ立てた人は！　しませんよ！　……多分。

僕がこんな事を考えながらクリニックの前に立つと、シュッと自動扉が開きます。慣れていないみんなから「は？　勝手に開いた？」と驚きの声がします。ボルクさんはなんか慣れてきましたねぇ。

中に入ると待合室です。背もたれ付きの椅子が20席、正面を向いて同じように並んでいます。正面には受付カウンター、奥の壁には大きなモニターが。お、いましたねぇ。ピッと電源がつき、綺麗な景色と爽やかな音楽と共に音声が流れます。

『ようこそグランデターミナルクリニック、通称ＧＴＣへ！　初めましてオーナー、私はニックと申します。こちらでは診察と診療を担当致します。どうぞよろしくお願い致します』

なんと！　また名前付きです！　いやぁテラの皆さん残念でしたね。

「よっしゃ！　3文字！」

ってアレ？　スレインさんとジェイクさんが喜んでいます。成る程、僕がつけなくても賭けは続行でしたか。まあ、それは良いとして……

「ニックよろしくお願いします。それではニック、設備の説明をお願いします」

『畏まりました』

【グランデターミナルクリニック・GTC設定】
【院内管理機能】　1日消費MP1400
【診察、検査治療台　メンテナンス・清掃】　患者毎に毎回　初期搭載設備

「こちらは診療時間と案内です」

【診察時間】　24時間対応
【診療案内】　人体の異常全てに対応
【検診・検査】　無料で対応
【予防接種】　各種細菌・ウイルスに対応（効果継続期間約半年）　1回3800ディア
【入院設備】　個室2部屋有り

「料金については診療によりますが、診察だけですと500ディアとなります」

やはり運営消費MPは上がりますか。でも気軽に利用できる金額でいいですね。

「本日から1週間は設置キャンペーンと致しまして診察、診療は無料とさせて頂きます。皆様、お身体の具合を確かめてみませんか？」

おお！　やはり設置キャンペーンがありましたか。これは全員診《み》てもらうのがいいでしょうね。

「皆さん是非全員受けてみませんか？」

すると僕の提案に全員が快く承諾。やはり何をするにも身体が資本ですからね。ニックの案内により カウンターの右通路奥の扉の前に立つと、シュッと扉が自動で開きます。院内は全て自動ドアなんですねぇ。

診察室の中は、壁側に手荷物置き場があり、1人乗れる位の丸い台のような機械？　が床と天井両方に設置されています。その隣りにはカプセルのような細長い診療台？　でしょうか。2台並んでいます。そして正面の壁には大型モニターが設置されています。そこには医師の姿をした40代位の男性が映し出されていました。ニックでしょう、なかなか渋いですね。

『まずはオーナー、丸い検査台の上に乗って下さい』

ニックに言われるまま乗ると、モニターに身長、体重を始め、視力、聴力、血圧、腹圧、呼吸器、消化器、頭部検査の結果が表示されます。ウッ！　体重ちょっと増えてます……後は正常ですね。良かった良かった。

『オーナーは少々運動不足です。1日の内運動の時間を取れるよう努力して下さい』

モニターのニックより診察結果が告げられます。これには、

「トシヤあんまり動かねえもんな」

「寝てるか食べてるか、新しい設備作ってるか、それぐらいしかしてねえよな」

テラの皆さんが僕の精神に追い討ちをかけてきます。大丈夫です！　明日から頑張りますから！

そんな決意を僕が抱いている中、次々と検査台に乗って行き結果は……


『テラのメンバーと領主側護衛のお2人全員肝臓が少し弱っています。ご家族の為にもお酒の量を減らすか休肝日を作って下さい』

『ジウ様は寝不足、過労の傾向があります。もう1日館内でお休み下さい』

という診断結果がニックから伝えられていました。

「えー、酒飲まない日作れって？　無理だな」と言う悪い患者の代表例のテラのメンバー。一方、

「家族の為か……」と素直な良い患者の護衛の2人。反応が妻帯者か独身で分かれています。グエルさんとビクスさんは結婚してたんですね。

そして「もう1日か……仕事が溜まるな」と苦笑いするジウ様。うーん真面目です。そして名前を呼ばれていない2人は……

『シュバルツ様聴力が平均より低い数値が出ています。以前何かございましたか？』

「それもわかるのかい？　ちょっとした事故で頭をぶつけてから聞こえが悪くなってね。まあ、年

齢の事もあるかと思うけど」

ニックに聞かれてこちらも苦笑いしています。

『バスター様は臓器の中に腫瘍がございます。怠さや疲れやすいといった症状はございませんか？』

「ええ、今朝は良かったのですが。日々でございます」

バスターさん病気持ちじゃないですか！　大変です！

『ではお2人共、カプセル内の診療台に乗り横になって頂けますか』

ニックの指示通りカプセル内の診療台に横になる2人。そして自動でガラスの蓋が閉まり、カプセルが青く不透明になりました。どうやらニックによると治療中、手術中だそうです。服着たまま出来るなんて凄いですねぇ。


5分くらいしてヴィィ……とカプセル型治療器が開いたのはシュバルツ様。

「シュバルツ様？　どうですか？」

「トシヤ君！　凄いよ、コレは！　はっきり聞こえるんだ！」

シュバルツ様嬉しすぎて僕の事名前で呼んでいます。そして続けてヴィィ……とカプセル型治療器が開いた後のバスターさんは……

「……なんて清々しいのでしょう。怠さが取れました。身体が軽いのです」

感動したのか目から涙がツウッと流れています。

うんうん良かった、良かった。やっぱり医療は必要ですからね。これなら、王妃様も何とかなるのではないでしょうか。バスターさんに近づき、労りの言葉をかけていたジウ様はそう思ったのでしょう。

「トシヤ君。コレは凄い施設だ。王妃様にもきっといい効果が生まれるだろう。……君には借りばかりが出来るね」

満面の笑みで僕にそう言ったジウ様。ジウ様にとってバスターさんは主従関係以上なんでしょう。バスターさんがカプセル型治療器から出るのを手伝っています。うんうん、僕いい物設置しましたねぇ。

『安定させる為に薬を出しておきます。隣りの部屋のヤクよりお受け取り下さい』

画面の中のニックもいい笑顔です。医師が見たい患者の表情でしょうしねぇ、今の2人は。

足取りも軽く全員でクリニックを出て、隣りのグランデ薬局に入ります。

『ようこそいらっしゃいました！　ってあんまり来る事はおススメしませんけど、いざという時に僕もいますよ〜！　ヤクと気軽にお呼び下さい！』

店内は受付カウンターと大型モニターのみの薬局。モニターからは爽やかな音楽と共に白衣の青年のヤクが映っています。明るい性格なんでしょうね。

『ではシュバルツ様にはこちら。今日の寝る前に1錠お飲み下さい。2日分出ています。副作用はありませんから安心して飲んで下さいね』

カウンターの黒い石板から小さな袋に入った錠剤が現れます。お礼とともに受け取るシュバルツ様もいい笑顔です。ええ、氷のシュバルツの面影もありません。

『バスターさんも、もう1日ホテルで休んで行って下さいね。こちらの粉剤をお湯に溶かしてお飲み下さい。こちらも2日分出ています。いいですか、くれぐれも安静にして下さいよ』

ヤクに注意されるバスターさんも、苦笑いしていますが表情はスッキリしたものです。

いいですねぇ、安静にするならお付き合いしますよ、と思っていた僕の肩に誰かの手がポンと乗ります。

「トシヤ、運動不足解消手伝うぞ」

ニッといい笑顔で僕を誘ってくれるグレッグさんとスレインさん。更に協力体制のボルクさんとジェイクさんも加わってきちゃいました。最後はシュバルツ様。エア経由でフィットに予約を取って下さったんですよねぇ……

どうしましょう。皆さんの優しさが辛い……（泣）

6章　王都へ

いいですか、皆さん。人の善意は疑ってはいけませんが、時と場合がある事覚えておいて下さい。そして100％の善意が相手にとってそのまま受け取られるわけではないことも！　テラの皆さんの善意？　（揶揄いもありましたよ！　アレは！）によって身体を動かした僕。次の日にどうなったかって？

「きゃははは っ！」

「おもしろいのー！」

ええ、ロボット再来です。こうなりゃそのままライ君リルちゃんと遊んでしまいましょう。

「さーあーごーはーんーにーいーきーまーしょーう」

僕はロボット動きをして移動中。3人で不思議な動きをしながら休憩所まで来ると、今日は護衛3パーティが揃い踏み。テラのグレッグさん、スレインさんはお腹を抱えて爆笑中。ボルクさんは「まだ余裕ありそうだな」と何やら不穏な事を言っていますよ。ジェイクさんが「やるか」って何するんです？　いいですよ、もう地獄のストレッチは！

「まあた、なんかやってるよ」

「ああ、昨日またフィットネスクラブ行ったんだろ」

「まだまだねぇ」

「もうちょい鍛えてやるか？」

「ゼノは動きたいだけでしょ！」

セイロンやクライムメンバーは賑やかです。さて、僕もさすがに普通に戻しましょうか。

「皆さん、おはようございます。今日は3パーティ揃い踏みでどうしたんです？」

「トシヤ、朝食の前にちょっといいか？」

レイナさんが僕を呼び止めます。じゃあ、ライ君リルちゃんは先に行ってもらいましょうかね。

と2人の方を見ると既にティアさんが2人と一緒に2階に向かっています。カクカク動きティアさん上手いですねぇ。朝からライ君リルちゃんは大喜びです。

「勿論です。何か相談ですか？」

「ああ、実は……」

レイナさんがまとめてくれた話によると、どうやらジウ様達から護衛依頼受けたそうです。ジウ様達が来る時に一緒に来ていた冒険者達は少し態度が悪かった為、帰りは3パーティの内の2パーティに頼みたいと昨日打診があったみたいです。うんうん、僕が動かなければいいですからね。良いんじゃないですか。

「それで、どうせならそのまま王都に向かおうかって話が出てな。だったら前回同様トシヤに動いてもらおうと思ってな」

レイナさんがにっこり僕に笑顔で言う事には、出張扉ではなく僕のオリジナルの扉を車につけて行きたいみたいです。ふむ、確かに魔石無駄にしたくないですし、出張扉のような制限はないですしね。入館者登録だけでいいですから。結局、車なんですね。

「ボルクが譲らなかったんだよ。領主側が費用を出すなら、乗りたかった車に乗れるってな」

呆れたように言うグレッグさん。ボルクさんはもうレンに交渉しているそうです。なんでしょうね？　ボルクさんが乗りたかった車って。

「成る程。となると、出張扉の設置ですね。木陰の宿とグラレージュに」

「ああ、できれば早めに設置してもらおうと思ってな」

レイナさんの提案を了承し、すぐに行動をとる僕の今日の護衛はクライムだそうです。まずは親父さんに携帯で設置しに行く事を伝えます。『やっとか！　待ち侘びたぞ！』といつでも準備はできている事を親父さんから確認し、久しぶりのグラレージュへ。

「あらあら、まあまあ。お久しぶりねぇ」

僕らはミセスジルバの歓迎を受けて、通されたのは以前の会議室。

「ここが一番良いだろ」

既に待機していた親父さんに場所を指定されて設置。スウッと現れた出張扉とこの扉専用の通行パスポート申請機。使い方をエアから伝えられた親父さんはご機嫌で、「コレでやっと毎日行けるぜ」とまぁ喜んでいます。

「ミセスジルバにもホテルに来て頂きたいので、福利厚生しっかりやって下さいね」

念のため、僕は親父さんに釘をさしておきます。そしてオーナー権限でグラレージュ専用出張扉を開けて、ホテルへ戻ります。それからオリジナルゲートをくぐり木陰の宿へ行くと……

「コレでずっと通う事が出来るわぁ」

「嬉しい！」

「うん、気をつけて行って来てみんな」

前回とは違い木陰の宿の女性陣から笑顔で見送られる僕ら。やっぱり毎日大浴場に通ってるだけあります。いつの間にか宿の部屋に、世界旅行代理店のパンフレットが置かれていました。ゼンさんとリーヤが次の休みに行く事を楽しみにしているみたいです。そして木陰の宿にも出張扉を設置します。するとこの扉専用の通行パスポート申請機も出てきます。使い方は……

「トシヤ兄！　準備はバッチリ。グランとサーシャからしっかり聞いてるよ！」

エルさんが自慢気に伝えてきます。うん流石ですね。

専用出張扉はどこに繋がるかというと、亜空間通路《ターミナル》側に現れたみたいです。専用出張扉とパスポート設置型出張扉はわかりやすいように通路が分かれていました。案内板いつの間に設置したんでしょう。行動が素早いですねぇ、グラン。

「もしもし？　あ、シュバルツ様。シュバルツ様設置完了しましたよ。亜空間通路《ターミナル》に確認に来て下さい」

一先ず携帯でシュバルツ様に連絡する僕。ええ、同じミスはしませんよ。さっきちゃんと報告して出て来ていたんですから。

『わかりました。確認しておきます。ところでボルク、ゼノ、グレッグ、ケニーが既にグランデターミナルレンタカーショップで待機しております。オーナーは直接そちらへ向かって下さい』

おや、流石行動が速い。僕オリジナルの扉をレンタカーにつけるなら、運転手と案内役に攻撃用の魔法使いだけでいいですからね。安全に現地まで領主様達をお届けするのにはもってこいです。

「わかりました」とシュバルツ様に返答し、携帯を切って向かいます。今回でどうやってレンタカーを亜空間外に出すのかがわかりますね。不思議だったんですよ。


レンタカーショップに向かう途中、レンタルオフィスの様子を覗いて見たら、嬉しそうに書類整理するサムさんの姿がありました。どうやらレンタルオフィス勤務を勝ち取ったみたいです。良かったですね、サムさん。

レンタカーショップに着きレンに教習所の方へ案内されると、待機していた4人と既に用意されていた車。

「うわぁ！　格好良いですねぇ」

僕の言葉に嬉しそうなボルクさん。なんとボルクさんから説明してもらいました。

「ああ、この新たな高級SUVは、V6 3.0L エコブースト ツインターボエンジンが搭載され、ハイパフォーマンスグレードの365馬力だ。トランスミッションは10速ATセレクトシフトが組み合わされ、駆動方式はFR（後輪駆動）……」

はい、ボルクさん！　わかりません！

「……まぁいい。この車は大型モニターナビゲーション搭載、つまりレンどころか、グランやジュニアとも直接連携可能だ。更に安全性の面では、自動ブレーキや魔物検知機能を備えた全方向衝突システムなどのドライバーアシストシステムが装備されている優れものだ」

「内装は当然高級車ならではの快適さだぞ！」

ボルクさんの説明にグレッグさんも乗ってきます。うん、どうやら冒険者の心を射止めた装備搭載なんですね。まだ言いたりなさそうなボルクさんに「後でじっくり聞きますよ」と言って抑えてもらいます。

3列シートの3列目をフラットにしてもらいつつ、僕のオリジナルゲートをフラットになった3列目シートに固定します。コレでいつでも皆さんホテルに戻って来れますね。

ゼノさんがボルクさんを運転席に詰め込んで、全員が乗り込み車を発進させます。すると、車の前方に別の景色が映し出されました。どうやら商業ギルドの馬車置き場ですねぇ。レンタカーは、僕オリジナルの扉の設置場所か出張扉設置場所のどれかの広い場所から外に出すことが出来るそうです。

うん、丁度誰も人は居ないですね。

『じゃ、言ってくるわ』

『すぐ連絡する』

『えーちょっとコレ楽しー』

『俺にも運転させろよボルク』

既に内部ナビゲーションを使って連絡してくる4人。

「気をつけて下さいね！」

僕の言葉に窓からサムズアップを決めて走り出した車。さあ、まずは目指すは領主邸。そして王都です！

ですが、ボルクさんが律儀に夜戻って来て、車の事を語りに来るとはこの時の僕は思いもしませんでした。

……この手の話長いんですよ、ボルクさん。


さて順調に距離を稼ぐレンタカーでしたが、問題も発生。

「トシヤいるか？」

ゼノさんが正面玄関から顔を出して僕を呼んでいます。今度はゼノさんですねぇ。あまりにも呼ばれるので僕はグランのところで待機中です。え？　何のことかって？　まあ、すぐわかりますよ。

「ゼノさん、今度は何ですか？」

「まあ、来てみろよ」

僕に来るように手招きするゼノさん。まあ、今回の獲物も大きいのでしょうね。正面玄関から低い姿勢で車から降りて見ると、ん？　黒い壁がありますね。いや、コレってまさか……

「ボルクがよお、何かを見つけてすっ飛んでいくから、後を追ったらキングベアを一閃でやっつけているんだもんなぁ。あいつに運転させると先に進まねえぞ」

「全くだ。まあ、流石にアレは見過ごせねえからなぁ。だが1人で行くかよ」

ゼノさんとグレッグさんが呆れたように言う先には、満足気なボルクさん。

「アルクトドゥスキングベアだ。傷まないうちにトランクルームへ頼む」

あ、因みにアルクトドゥスキングベアは、立つと体長11メートルにもなる熊の魔物。雑食で何でも食べ、その体格の割に素早さもあり危険度Aランクらしいのですが……ボルクさんって強いですねぇ。そんな事を考えながら、エアにトランクルームに入れてもらい車に戻る僕ら。車に戻ると助手席でジウ様に報告を入れているケニーさんの姿があります。

『そうか。アルクトドゥスキングベアが……放っておくと近隣の街が危ないところだった。このまま駆除も並行して行ってくれると助かる』

「わかりました。現在地はそちらでも確認できますか？」

『バスターでございます。ジュニア様のモニターにて確認しております。既にニューキリーの街が近くでございますね。そこからでしたらあと馬車で半日程でございます。レンタカーでしたら数時間かと』

「それが……車のアシストシステムがまずいもの見つけているの」

ケニーさんが真面目な顔で、モニター画面を見つめています。何でしょう？　大きな丸が北東にポツンとあります。ん？　なになに……ブラッティスサーペント？

「何ですか？　ブラッティスサーペントって？」

僕が言った言葉に反応するバスターさんとウチの護衛メンバー。モニターの中では『すぐに近隣に連絡を！』と動き出すバスターさんやジウ様。一方……

「あいつかぁ。これでアルクトドゥスキングベアがここに居る理由がわかったな」

「あの毒と巻きつきが厄介だもんなぁ」

ゼノさんとグレッグさんは余裕のコメント。ボルクさんに至っては探しに行こうとしましたし。

うーん、反応が違いすぎます。領主様側の反応を見ると、凄く大変な魔物なんだろうと思ったのに、こちら側はオークが出たのと同じ感じです。僕が不思議そうな顔をしていると、ケニーさんが説明してくれました。

「ブラッティスサーペント、特徴は黒い滑らかな鱗に体内に入ると数秒で死ぬという猛毒をもつ大型の蛇系の魔物よ。大きな街を単体で死滅させるくらいだから危険度はＡＡランクね」

うわぁ、大変じゃないですか！

「おいおい、トシヤ。俺らをみくびるなよ」

あわあわする僕の背中をバシバシ叩くゼノさん。

「俺らだけなら正直手間取るが、こっちにはテラにクライムもいるんだぜ。それもお前のおかげですぐに駆けつけられるんだ」

ニッと笑って余裕の表情です。ケニーさんはモニターでグランを呼び冒険者全員を集めるように伝言を頼んでいます。「行くぞ」とボルクさんはサッサと運転席につき、「ほれ、車に戻るぞ」とグレッグさんが僕を呼びます。僕は護衛のみんなを改めて心強く思いましたね。

僕が車内のオリジナル扉からホテルに戻ると、冒険者組が装備を整えて待機していました。しかし、ブラッティスサーペントがいるのはここから北東に10キロ先の森の中なんですよ。

「いつでも出れるようにしとくのが冒険者だ」

「そおねぇ。まあ、このメンツならそうそう負ける事はないわ」

格好良いです！　レイナさん、ティアさん！

「だいじょうぶ？」

「けがしない？」

話を聞いていたんですねぇ。みんなの足元でライ君リルちゃんが耳をヘニョッとさせて心配しています。

「もーう！　かわいいんだからぁ！」とティアさんに抱きしめられています。

「危なくなったら逃げて下さいね」

「無事に帰って来て下さい！」

サーシャさんとミック君も集まって来ましたね。2人はハックさんやヒースさんを始め、みんなに頭を撫でられています。キャシーさんやクレアさんも心配で、休憩所に待機しています。ジーク君ドイル君はコンビニから心配そうな顔を覗かせていますね。シュバルツ様達も集まってくれています……僕らは待っている事しかできませんからね。

しばらくして目的地に到着したらしく、テラ、セイロン、クライムメンバー全員が現地に向かって行きます。「俺も手伝うぞ！」と言って断られたデノンさんは羨ましそうに見てましたけどね。

「行ってらっしゃい！」「気をつけて！」とそれぞれが思い思いにメンバーに声をかけます。

全員が扉から移動してもみんなの視線は扉に向いたまま。でも僕は思うんです。待ってる側にもやれる事ってあるんですよ。


「ったく！　今回はしつこい奴だったな」

「頭が切られても動くとはなぁ」

どうやら無事に退治し終わったみたいですねぇ。スレインさんザックさんがどうやら収納の為に僕を迎えに来たらしいです。前回ライ君リルちゃんに泣かれたのが堪えたのか、クリーンをかけて来た２人。でも装備はぼろぼろになっています。その状態を見たライ君リルちゃんは泣きそうな顔で２人に飛びついて行きます。

「いたいのー！」

「こわれてるの！」

２人の身体をペチペチ叩いて確認してます。

「ほら！　大丈夫だろ？」

「買えばいいんだ」

前回と違う反応に２人はライ君リルちゃんを抱き上げています。心配されて嬉しそうです。やっぱり気持ちが伝わるとあったかいですからね。

ひとしきりライ君リルちゃんを可愛がった2人と共に僕は現場に向かいます。車を降りると、目の前にちょっとした山のように大きな蛇の頭が。動かないですよねえ、コレ。

「今回デカかったわ。20メートルクラスだったな」

凄い事をなんて事なく話すスレインさん。

「まあまあ、素材取れるんじゃね？」

ザックさんが言うように確かに黒い綺麗な鱗のところと焼けたようにぼろぼろのところとありますね。

「トシヤー！　サッサとトランクルームに入れてくれ！」

大きなブラッティスサーペントの陰からハックさんの声がします。入りますかねぇ、と不安になりながらもエアに頼むと一瞬で消えるブラッティスサーペント。……入りましたねぇ。ってアレ？

大きく見晴らしの良い場所となった森の中で、ジェイクさんとガレムさんが膝をついています。ケニーさんが真剣な表情で治癒魔法をかけています。

「ジェイクさん！　ガレムさん！」

近寄って行くと少し顔色の悪い2人。毒に少し触れたそうです。「大丈夫だ」と言う2人。

「このバカ達！　私とレイナを庇ってくれたの！　ちゃんと逃げられたって言うのに！」

ケニーさん心配のあまり怒っています。レイナさんはガレムさんに肩を貸して立ち上がろうとしています。

コレはいけません！　オリジナル扉を僕はこの場に召喚させ、まずはこの2人を優先させてホテルへ連れて行きます。ガレムさんはレイナさんが、ジェイクさんはケニーさんが肩を貸してまずは中へ。

見回りに行っていた他のメンバーも帰って来たので、みんなを急いで中に入れます。僕はまたレンタカーにオリジナル扉を固定させてから戻ると、既に待機組が動き出してくれています。

シュバルツ様、デノンさん、イクサ様まで手袋とマスクをしてみんなの装備品を、玄関脇にあるコインランドリーに入れてクリーニングしてくれています。そうです。まずはみんなの為に1万個相当魔石を消費してコインランドリーを設置しました。どんな素材の汚れ物も洗濯、乾燥可能で素材を修復する機能も有りますからね。

ユーリ様カーヤ様は、大丈夫と言うみんなをグランデターミナルクリニックへ促しています。あ、あの重傷2人組はとっくにサーシャさんが連れて行ってますよ。

グランデターミナルクリニックに行くとカプセルの中で治療中のジェイクさん、ガレムさん。他のみんなは1人ずつ並んで検査台の上に乗っているようです。

『他の皆さんは正常値ですが、ヤクのところに行って中和剤飲んでおいて下さい』とニック。

ホッと一安心です。カプセルから出て来たジェイクさん、ガレムさんも顔色が安定していてようやくみんなが無事であった事を実感。良かったですねぇ。この後は冒険者組を大浴場へ押し込み、その後はビュッフェレストラン内大広間で宴会です！

『本日のメインは特選オークヒレ肉のロッシーニ風デース！　レッドボアのミートローフにクオーク産オマールエビソテーもゴザイマース！　イッパイ食べてクダサーイ！』

ティモの案内が終わると「よっしゃ！」とあちこちから歓喜の声が上がります。今日は冒険者組が主役ですから、至れり尽せりで動き回る待機組。なんとバスターさんやメイド長、領主側護衛組もそしてジウ様ご家族まで動いてくれたんですよ。かえって冒険者組が戸惑ってましたねぇ。

まあ、最後は結局入り乱れての大宴会といういつものパターンです。でも普段と違うのは領主様サイドでしょう。

キリク君はサーシャさん、ミック君、ライ君、リルちゃんと一緒の席で楽しそうに食べてますし、クライス様はキャシーさんやクレアさんと一緒に食べています。ジウ様は冒険者1人1人を労いに回っています。

護衛同士仲良くなったのか、領主側の護衛4人もウチのメンバーと飲み合い、笑いあいながら楽しそうに食べています。バスターさんやメイド長さん、ニーナさんはずっと動きっぱなしでしたけど。

改めてこの気持ち良い人達が無事で良かったですねぇ。って浸っている最中に僕のお皿からクオーク産のオマールエビとっていかないで下さいよ、ハックさん！

賑やかな宴の翌日。

今日も今日とてジウ様の領地に向けて移動します。ですが、なぜかこの人が外にいますよ？

「では、オーナー。少し先行させて頂きますが、必ず何か新しい施設を設置したら携帯に連絡して下さいね。必ずですよ」

シュバルツ様が何回も念を押して来ます。でも夜帰ってくるじゃないですか……え？　何も言ってませんよ僕。

そうそう、実はもう1台レンタカーが外準備されています。

「これも良いだろう？」

「ふむ、この車種でしたか。コレも乗ってみたいものだったんですが、先を越されましたね」

「ふふ～ん、お前ばっかり良いの乗りやがって狡いからなぁ。どうせ俺ら持ちだから、いっその事俺も乗りたいもの乗って行こうと思ってな」

車の前ではデノンさんがボルクさんに自慢してますね。確かに格好良いですからね。コレはレンに語ってもらいましょう。

『デノンさん達が使う高級SUV+は、ハイブリッド車のモデル名に「h」の文字を与えて来たっすけど、「+」は外部電源から充電できるPHUVであることを示すっす。ウチの場合は魔力充電可能っすよ。軽く2トンを超えるヘビー級の車体でありながら、重厚というよりも、ふわりと軽い天女の羽衣のような乗り心地っす。静粛性の高さとこの乗り心地によって、まさにプレミアムSUVにふさわしい車体っすね。勿論俺っちやグラン達にいつでも接続可能。広範囲の魔物検知機能から衝突回避のドライブアシスト搭載。自動運転可能なAIも搭載してるっすよ。今回シュバルツ様達が1ヶ月レンタルによって専用出張扉の設置も出来たっす。でも通行パスポート申請機は今回のみ無しっす。邪魔っすから』
そうなんです。出張扉も設置済みなんですが、シュバルツ様達代金もポンと出してくれたんですよ。ノーブルな方々はなんて恐ろしいって思いましたね。
ここまでで予想出来た方は多いでしょうね。そう、明らかにおかしい魔物が出現した事により、サムさん始めシュバルツ様達も何かを感じとったみたいなんです。
それでここから二手に別れる事になったんです。僕らはまずは領主様を無事にお届けしてから王都へ向かいますが、シュバルツ様、ユーリ様、イクサ様、デノンさん、カーヤ様は王都に先行し情報収集することになったんですよ。昨日も居たブライトギルド長とヤンさん冒険者ギルド組は、近隣のギルドに緊急連絡取ってくれるみたいですし。皆さん動きが早い。

因みにシュバルツ様達に護衛は？

「俺いるし、カーヤいるし十分だろ」

うん、過剰戦力ですね。それに連絡手段としての携帯は常備してますし、何より夜は帰って来ますから大丈夫でしょう。そうそう言い忘れてましたが、長期レンタルの場合亜空間車庫がサービスとしてつくんです。コレに入れておけば車自体も安全安心なんですよ。凄いでしょう！

という事で上機嫌で乗り込んだデノンさん達を見送り、僕らもジウ様のホームブルックスの街へ向かいます。

道中は昨日とは違ってゆったりしたものです。僕は一応オーナールームで待機していたのですが、呼ばれる事無く無事にブルックスの街が見えたそうですよ。流石にここからはジウ様とバスターさんに乗ってもらう為グレッグさん、ケニーさんはホテルに戻ってきました。奥様やキリク君はまだエグゼクティブフロアで待機です。領主邸に着いてからで十分ですからね。なんか見たい物ありすぎて「もっとゆっくりで良いですわ」「着いてもまだ泊まりたい！」と言っているそうです。映画にハマりましたねぇ。


さて、ジウ様のホームはどんな街かと言うと、バスターさんが説明してくれました。

「ブルックスの街は、強固な城壁に囲まれた街でございます。内部は街全体がモノトーンで統一された建物で埋め尽くされ美観の街とも言われております。特産の果樹レスカを使ったジュースや料理も豊富でございます」

だそうです。あ、レスカってレモンとマンゴー合わせた感じですね。なかなか美味しいですよ。早速ティモのビュッフェで出てました。


車で城壁に近づくと、門番の兵士さんが大慌てで武装して出て来ました。まあ、そうなりますよねぇ。そこでバスターさんが登場。事情を説明して通ることが出来ました。なんて言ったんでしょうね？　バスターさん。

馬車通りを車で走行すると、街の皆さんの視線が凄い事。でも前と後ろに兵士さん達が護衛している事から、領主様が帰ってきた事がわかったのでしょう。

「ジウ様ー！　お帰りなさいませ！」

「ご無事のご帰還安心しました！」

「ジウ様！　今日もいいレスカ届けましたよ！」

「領主邸に新鮮な野菜も届けましたから！」

「また食べに来て下さいよー！」

街の人から声をかけられるジウ様。人気者ですねぇ。行く先々で声をかけられながらゆっくり進んで行くと、小高い丘に立派な屋敷がありました。あそこが領主邸ですね。

領主邸に着くと先触れが行っていたのでしょう。メイドさん達や成年前の子供2人が待っていました。長男さんと長女さんでしょうかね。「お帰りなさいませ！」メイドさん達が一斉にお辞儀をしてお迎えです。

バスターさんが先に車から降り、護衛4人、メイド長、ニーナさんが降ります。その後にキリク君、ジウ様、クライス様が降りていくと……待っていた長男さんと長女さんがお出迎えです。

「お父様、お母様、キリク。ご無事でのお帰りをお待ちしておりました」

立派な挨拶は長男のイリス君、14歳。青い髪の格好いい青年です。

「お帰りなさいませ。お父様、お母様、キリク」

綺麗なカーテシーをしながら挨拶するのは長女のミラルさん、12歳。ストレートロングが似合う綺麗な女の子です。

「ああ、ただいま。イリス、ミラル。紹介したい人がいるんだ。トシヤ君降りてきてくれるかい？」

　僕も呼ばれる事はわかっていたので、車から外に出ます。運転席と助手席から、ボルクさんゼノさんが僕の護衛として出てきてくれました。ジウ様の近くまで行くと、ジウ様が僕をみんなに紹介して下さいます。

「これから長い付き合いになるトシヤ君だ。是非みんな顔を覚えておいて欲しい」

　ジウ様に紹介された後、僕も自己紹介をし、早速領主邸の中へ移動します。あ、車はエアがレンに頼んで亜空間車庫に入れましたよ。「!!」といきなり消えた車に驚くメイドさん達。でも流石領主邸クオリティ。誰1人声に出しませんでした。

　そう、実はジウ様からも専用出張扉をつけて欲しいと言われているんです。そうじゃなきゃ、クライス様キリク君降りて来てくれなかったんですよ。ジウ様からも「イリスとミラルにも体験させてあげたくてね」とお願いされていましたし。

　という事で、エグゼクティブフロアの年間パスポートを家族分購入済みのジウ様ご一家。お買い上げありがとうございます。流石に出張扉分は領主邸に戻ってからという事で、僕も一先ず領主邸の中へ。

　応接室に通されて椅子に座り、バスターさんが持ってくる魔石を待っていると……

「あの格好いい乗り物は何ですか？」

「なぜいきなり消えたんです？」

「お母様達からいい匂いがしましたの」

まぁイリス君とミラルさんから質問が次々と飛び出して来ます。

「ではトシヤ様、こちらの魔石をお納め下さいませ」


しばらくしてバスターさんが持ってきた大きめの魔石。なんの魔石か聞いてみると、アストラルワイバーンの魔石だそうです。星が流れるように素早く凶暴なワイバーンで危険度はＡＡランク。以前オークションに出ていたものをジウ様のお爺様が競り落としたものらしいですよ。

「こんな貴重な物いいのですか？」

「トシヤ君。君のホテルと亜空間通路《ターミナル》の将来性を考えたら安い物だよ。それよりも無事に設置出来そうかい？」

思わず確認した僕にジウ様が嬉しい言葉をくれます。でもそうですね。いくつになるでしょうか。エアに頼んで取り込んでもらいます。するとエアから報告が入りました。

『この魔石はＡランク魔石３００個相当に値します。現在オーナーが所持している魔石と合わせますと、総合計１２１万３５０個相当になりました。この部屋に出張扉を設置致しますか？』

おお、結構行きましたね。エアの質問に「設置するお部屋までご案内致します」とバスターさんがすぐに答えて下さいます。そのまま移動する僕らに領主御一家もついて来て、通されたのはバスターさんの部屋の隣りの部屋。これには領主側から、「う！」「えぇ！」「まぁ……」と言う声が聞こえて来ます。バスターさん曰く、「無闇に遊びに行かれては困りますので、こちらで決定させて頂きました」との事。

貴族は貴族なりに忙しいみたいですしね。執事として管理しておきたいのでしょう。バスターさんも大変ですねぇ。

エアにお願いして出張扉を設置すると、スウッと出てくる出張扉とこの扉専用の通行パスポート申請機。この屋敷では入館登録はバスターさんにお任せした方がいいでしょう。携帯を渡しておきますね。使い方はいつでもウチに習いに来て下さい。さてもう一度ホテルに戻りましょうか。そう言う僕の後ろを領主御一家が付いて行こうとすると、バスターさんから待ったがかかります。

「お待ち下さいませ。ジウ様、クライス様は屋敷でのお仕事が溜まっております。キリク様はお休みしていた分のお勉強が先でございます」

これには、

「ええ！　もうかい？」

「まあ、明日ではダメですの？」

「明日からちゃんとやるよ！」

懇願する3人の姿が。

「十分お休み頂いたかと存じ上げます。故に今から夕食までの間御三方には取り組んで頂きます」

うん、バスターさん強し。

「僕らだけでも大丈夫です！」

「私は今日の分は済ませましたわ」

嬉しそうに言うのはイリス君とミラルさん。どうやらメイド長とニーナさんが一緒に付いてくるそうです。残念そうな顔のジウ様から年間パスポートを受け取り、バスターさんから入館登録をしてもらった2人。ワクワクしているのが伝わってきますねぇ。

「では、イリス君、ミラルさん行きましょう。我が亜空間グランデホテルへご案内致します！」

……あ、付いて来ては駄目ですよ、キリク君。しっかり勉強して下さいね。

さてさて、イリス君とミラルさんが初来館して下さったので、今回は僕がご案内してみました。若い子だけなら、まずはやっぱり『碧への誘い』でしょう！ 今回はセイレーンの他に、ペルーガという口を開けると笑って見えるイルカに似た海の生き物や、雄大な海の象徴シロザトウホエールも見られたんです！

「こんなに大きな生物がいるんだ……！」

「まぁ！ なんて優雅に泳ぐのでしょう！」

2人共身を乗り出して見ていましたよ。因みにメイド長のロクサさんとニーナさん今回も密かにきゃあきゃあ言って楽しんでいました。

大興奮の2時間が終わった後は2人共別行動。

身体を動かしたいイリス君はフィットネスクラブへ。大人しいミラルさんはミニ映画館へ向かいます。え？ 僕は勿論フィットネスクラブに付き合いましたよ。ミニ映画館にはサーシャさんが付き添ってくれました。メイド長達もそっちです。キイ厳選の新しい映画も増えましたからね。今日はミラルさんという事で、美女と獣になった王子様の実写版です。

イリス君には今日の待機組からヒースさんに一緒についてきてもらいます。僕だけじゃ、すぐにバテますからねぇ。きっちりストレッチからどこを鍛えたいのかを尋ねて使う器具を選ぶあたり、トレーナーに向いていますね、ヒースさん。そして僕も付き合いますが、前半でダウン。イリス君すっかりヒースさんに懐いていますし、全部こなせたんですよ！　……僕も頑張らないと、と密かに対抗意識を燃やしてしまいました。

シャワーを浴びてミラルさんと合流した後は、お互いにいかに施設や映画が素晴らしかったかを語り合う２人。その流れで、今日はこちらに泊まる事に。あ、バスターさんに連絡して許可はキチンともらってますから大丈夫。

腕によりをかけたティモのビュッフェに舌鼓を打ち、ジュニアのバーで、食後のフレッシュジュースとノンアルコールを２人にサービス。ミラルさんは食後にゆったり入りたいそうで、今から大浴場へ向かいました。そうそう、エグゼクティブフロアにも大浴場設置したんです。毎回１階の大浴場貸し切りにはできませんからね。

そしてまだまだ元気なイリス君。どこに向かったのかと言うと、漫画喫茶です。本も好きだそうで、それならと連れていってイリス君がハマったのは某有名バスケ漫画。熟読してましたよ。途中エアがバスケのルールの解説や試合の流れを解説する場面もありましたが。いやぁ久し振りに読むと僕も熱中して、迎えに来たロクサメイド長に怒られちゃいました。でもミラルさんもかなりパウダールームで時間を過ごしていたらしいので２人共お小言貰ったらしいですよ。とまぁ、そんなこんなで今日は就寝。

冒険者組も今日は充電の時間にしたので、思い思いに過ごしてたそうです。そして翌朝……

「お2人共お時間でございます」

ゆったり朝食を食べ終わった後、見計らったかのように迎えに来たバスターさん。これを予想をしていた2人は、残念そうな顔をしてバスターさんに従っていました。「バスターに逆らうと勉強が倍になるんだ……」とボソッと僕に打ち明けてくれたイリス君。成る程。やはりタブレットはバスターさんに渡して正解でしたね。

車に戻る為2人と共に領主邸に行き、去り際疲れた表情のジウ様に「また頼むよ」と言われた僕は、「いつでもお待ちしてますよ」と伝えて領主邸を後にします。頑張って下さいジウ様。

昨日の亜空間車庫に入れた地点から車を出して、僕らはゆったりとブルックスの街を通り抜けます。車は昨日領主様の乗っていた乗り物と街の人に認知されていて、声をかけられる事かけられる事。

「今日はジウ様乗っているのかい？」

「何ならコレ持って行きな」

街の人達に気軽に声をかけられて、「サービスだよ！」と言って窓越しの差し入れを貰う僕達。あ、今はグレッグさんが運転で、助手席にスレインさん、後部座席に僕とザックさんです。レスカいっぱい貰っちゃいました。それに男前のグレッグさんに、人懐っこいスレインさん、ザックさんがいるんですよ。市場を抜けるのが大変でした。いつの間にか僕の両手にはパンや、レスカジュース、レッドボアの串焼きなどがあります。
「お姉さんありがとねー！」

笑顔で妙齢の女性に手を振るスレインさん。

「とにかくお前は話さず笑っとけ！」

ザックさんに言われて笑顔のグレッグさんは女性から大人気。

「お、おっちゃん！　いい目してんね！　全部うまそう！」

「嬉しい事言ってくれるじゃねえか！」

野菜や肉屋の親父に声をかけるザックさんは何やら窓越しに貰っています。

「ほれ！　しゃんとしな」と気合いを入れられたりされてました。一応コレで起きているんですけどねぇ。


何とか城門まで着き、バスターさんから貰った領主紋入りの手紙を見せてやっとブルックスの街を出る事が出来ました。因みに貰ったものは、ティモやキイに渡すようにサーシャさんにお願いして既にホテルの中です。笑顔で何回も往復してくれたサーシャさん。ウチの子いい子でしょう。

さて、ここからは、王都を目指します。王都はブルックスの街から馬車で半月かかる場所にあります。その道中はブルックスに向かうまでのあの魔物の量は何だったのか、と言いたくなるだけ順調です。え？　ホテルに戻らないのかって？　いや、それが車内が面白いんですよ！

「ヘイ♪　ヘイ♪　陽気に行くぜ！　俺達楽が大好きさ！　いたぜ！　グレッグ！」

「おう！　任せろ！　スルーして行くぜ♪」

「待て待て！　俺がひと投げだ！　見てろ、３連弾♪」

「頼むぜ♪　ザック！」

　歌いながらゴブリン退治しているんですよ。自作の歌を歌ったり、最近漫画喫茶で聞いた歌のアレンジしたり、みんなで最近ハマっている『グリム一家の開拓記』のオープニング曲を大熱唱したり。めちゃくちゃ笑いました。これ乗っているメンバーによって特徴あるんじゃないかと思って、ちょこちょこ車内に顔を出すようにした僕。


――ボルク、ヒース、レイナの場合――


「いたぞ！　ボルク！」

「待て！　急旋回した！　回れるかボルク！」

　ヒースさんがモニターで検知された魔物を運転しているボルクさんに告げ、窓から顔を出して確認しているレイナさんが更に指示を出しています。ちょ、ちょっと待って下さい！　うわあ！　見事なボルクさんのドライビングテクニックでターンをした車に、イエローブルが向かって来てます。

「イエローブルなら任せろ！」

　すかさずドアを開けて走っている車から飛び出し見事な着地を決めるレイナさん。そのまま一振りでイエローブルを仕留め、満足気に頷くボルグさんに物足りなさそうなヒースさんの姿が……

「お！　トシヤ！　いいところに。収納してくれ」

レイナさんに呼ばれて収納しましたが……この戦闘特化メンバーの時は呼ばれてから顔出しましょうと決意する僕。


――ジェイク、ガレム、ゼノの場合――


「問題はあの杜氏だ。頑固すぎる」

「だが、酒作りの本質を理解しているから、あの土地での新酒作りには外せん」

「何だお前らまだその辺読んでいるのか？　それはな……」

「待て！　ゼノ！」

「いや、それよりお前何巻まで読んだ？」

「あー、俺全巻制覇したぜ」

「『お前はもう話すな』」

「ええ～、じゃこの先の事聞きたくねえの？」

……はい。このメンバーでは、運転はジェイクさん、助手席にゼノさん、後部座席にガレムさんです。現在ガレムさん愛読の『浩史《ひろし》の酒』という漫画本の話をしているところですねぇ。やはりジェイクさんも読んでいましたか。ゼノさんが全巻読んでいるものだから、聞きたいけど聞きたくない、けど聞きたいと葛藤している様子の２人。その葛藤を出てきたゴブリンや一角兎に叩きつけ、一撃で仕留めているのは凄いですけど。無言で出て行って無言で帰ってきて「仕舞ってくれ」と顔の目の前に一角兎出されると怖いですって、ガレムさん。まあ、結局先が気になってゼノさんに聞いていましたけどね。気になるんですよねぇ、こういうのって。

——ケニー、ハック、ティアの場合——


「ねぇねぇ！　次の街って？」

「ガトーラの街だな」

「そろそろ王都に近くなってきたから、大きな街だったはずよねぇ」

「この雑誌によると、最近ベリーって服屋が急成長してるみたいよ！　ちょっと見ていかない？」

「あら、いいわねぇ」

「お！　良いじゃん。男物も良いやつあるか？」

「えーとねぇ……」

　こちらは観光気分の車内。運転はハックさん、助手席にティアさん、後部座席にケニーさんが乗っています。ケニーさんコンビニで買った観光雑誌『旅気分！　王都道中編』を開いて見ていますねぇ。ティアさんもオシャレに気をつかっているみたいですし、ハックさんもオシャレには関心あるんですね。気づけば寄り道している3人です。でも戦闘に関しては……

「左、一角兎来たわね。もう一匹草むらから顔出してるわ、ケニー」

　ティアさんの指示に即座に反応し窓から攻撃するケニーさんと、見事なドライビングテクニックでサポートするハックさん。更に指示しながら窓から攻撃するティアさんといい、遠隔攻撃にはめっぽう強いメンバーです。あ、街では僕もついでに買い物に交じったりしましたよ。良い仕立ての服ありました！　下着も買えましたし。

と道中車内はこんな感じです。メンバー変わればまた話題も変わるのが面白かったのか、あっという間に日は過ぎて行き、王都が近づいて来ました。あ、でも半月で行ける筈が1ヶ月かかってます。当然シュバルツ様達は王都に着いていて、「こっちの扉から来たら早いだろうに」と言っています。まあ、でも後半はデノンさんがわざわざこっちの班に混ざって騒いでいましたし。僕らも折角だから楽しみながら行きたかったしという事で、走り続けて見えてきました！　王都の城壁。流石王都ですねぇ。城壁が50メートル以上あるそうですよ。遠くからでも大きさがわかります。いやぁ、楽しみです！　王都の街並みをゆっくり探索出来るでしょうか？

ん？　……何やら悪寒が。

……いきなり王様に会う展開なんて要りませんからね、僕。

番外編　変わりゆくセクトの街と新たな施設ですよ

ざわざわと様々な人の波が行き交う大通り。

「いやー、いい感じですねぇ。セクトの街も」

「でしょう？　でもまだまだ！　これからもっと活性化させてみせるよ！」

うんうん、やる気があるのはいい事です。まぁ、サムさんサボり癖はありますけどね。あ、でも今日は違いますよ。セクトのギルド長として、サムさんと僕はセクトの街を仕事で散策中なんです。護衛はクライムの皆さんですよ。

サムさんが自信を持って案内する街の様子は賑やかです。大通りで商売する多くの屋台に舌鼓を打つ街の人々。最近はホテルから調味料が出ているので、街の屋台や宿屋も味が格段に良くなっているんです。

僕もいい匂いのお肉を1つ注文しました。焼肉のタレを生かしたいいお味のオーク肉。ヴァントさん率いる屋台組の皆さんも頑張っていますねぇ。

その中でもやっぱりヴィンテージは一歩先を行きますね。常に料理長さんに研究をさせているダニエルさん。時々ホテルに来て、ティモやキイと話をしたり味を確認したりする姿が、エアを通して報告されています。流石セクトで一番と言われるだけあります。

そうそう、バッカスの宿のディーノさんも負けてませんよ！　休みの日はホテルの中のレンタル調理場にこもって味の研究に余念がありません。たまにヴァントさんが交ざって、喧嘩しながら料理もしてますよ。うちの護衛メンバーは、その度に料理の処理を手伝っているそうです。良く食べますからねぇ、うちのメンバー。

「それは楽しみですねぇ。あ、そういえばサムさん。僕のホテルの寝具を使う宿も出て来たんですよね」

「うん、白樺だね。ファラちゃんが両親説得してねぇ。1日ホテルに泊まったみたいなんだよね。そうしたら料理もだけど寝具にも感動しちゃって、すぐにご両親がギルドに来たよ。いや～、トシヤ君に先に権利貰ってよかったよ」

「元々一般客以外は商業ギルドに噛んでもらうつもりでしたしねぇ。僕は余り動きたくないですからね」

そうなんです。ホテルのお土産コーナーは個人向けで、大量購入の場合にはサムさんにお願いしてたんです。おかげでセクト支部の売り上げに貢献しつつも、僕は楽ができるというお得な関係ですね。

「またまた～。そう言いながらもトシヤ君、また面白い物出したみたいじゃない」

「面白い事には僕も全力で取り組みますからね！」

「爺ちゃんに報告は？」

「………」

「うん、わかった。爺ちゃん対策手伝ってあげるから」

「はい。何卒お願いします」

そう……、今回僕はシュバルツ様に報告無しで設備を増やしちゃったんですよねぇ。だって、これ見つけちゃったんですもん。

【名称】亜空間グランデホテル
【限定オプション店】コンビニエンスストア
漫画喫茶ＧＲＥＥＮ　ＧＡＲＤＥＮ
会議室３部屋＆館内Ｗｉ－Ｆｉ
ビュッフェレストランＯＴＴＩＭＯ《オッティモ》
グランデツーリストアルコ
プラネタリウム　↑これですよ、これ!!
Ｂ１フィットネスクラブ（ジム・トレーニング器具）
Ｂ２温水プール・脱衣室・簡易シャワー付き
スパリゾート　ＭＰ15万　＊リゾートホテル Ｂタイプ開放後購入可能。

プラネタリウムですよ！　プラネタリウム！　銀河ロマンが来ましたねぇ。ふふふ……今朝見つけた時に迷いはありませんでしたよ。

まぁそう言う事で、今日サムさんを誘って初プラネタリウムの視察に来たんです。副ギルド長のベックさんには申し訳ないですけどねぇ。苦笑いしてましたし。後で何かフォローしましょうかね。

まぁやり手のベックさんから、どうせならセクトの街の分散型ホテル候補の視察も一緒にと言われて、今大通りを歩いているわけですけど。

「宿候補はとりあえず3箇所だね。大通りの1本裏手の空き家と、ギルド近くの空き家。そして門の近くの空き家かな」

サムさんに案内された1本裏手の空き家は平家の2Kトイレ付き。商業ギルド近くの空き家は、貴族の家のような豪華なお屋敷。城壁の近くの空き家は長屋のような民家でした。ふむふむ、これはなかなか面白い！　そう思いながら時間をかけて各空き家を内覧した僕の感想はこうです。

「これならサムさん。冒険者用、貴族用、商人一般向け用って感じにしませんか？」

「うん、こちらとしても同じ考えだね。ただ爺ちゃんが貴族用の屋敷に関しては厳選した上で利用させるって言ってたなぁ。まぁ、その辺は爺ちゃんやる気出してたから任せるよ。後は商業ギルドでしっかり人員確保した上で進めて行くから安心して！」

おお！　頼もしいですねぇ、サムさん。

どうやら最近は他の街から流れて来た人々の為に、仕事の斡旋があればあるだけいいそうですよ。

サムさんってなんだかんだで仕事好きですよねぇ。でもそれはそれこれはこれ、とやっぱり楽しい事を優先させるサムさん。

「うん、街の事はこれでいいでしょ。さぁさぁ、トシヤ君！　新しい施設の見学に行こう！」

「そうですね！　行きましょう！」

僕の肩を組んで右手を上げるサムさんと同じノリで、「おー！」と左手を上げる僕。サムさんのノリの良さはいいですよねぇ。後ろでクライムのメンバーは「似た者同士」って言ってますけど。ま、気にせず人目のつかない場所で、オリジナルゲートを出してホテルに戻ります。


「おかえりなさいませ！」

いつものように元気なサーシャさんの声に迎えられた僕達一行。続けてグランが報告してきます。

『オーナー。新たな施設プラネタリウムは、グランドツーリストアルコの連絡通路途中に設置されております。既にシュバルツ、デノン、カーヤ、ユーリ、イクサが入り口で待機しております』

グランの報告に「あー……」と声のトーンが下がる僕。サムさん笑顔でサムズアップしないで下さいよ。うん、逃げ場が塞がれているのはわかってますって。

ちょっと足が重くなった僕の背中を押しながら歩き出すサムさんの後ろを、クライムのメンバーもついてきます。ホテルに入ったから護衛は大丈夫ですけど、好奇心でついてきたんでしょう。

そして、グランドツーリストアルコの連絡通路で待っていたシュバルツ様達5人も加わり施設見学に向かいます。ん？　シュバルツ様の反応はって？　サムさんが助けてくれたので、お咎め無しですよ！　ありがとうございます！　サムさん！　シュバルツ様は苦笑い状態ですけどね。

浮かれた僕とサムさんを先頭に、連絡通路に入る人数は総勢15名。ちゃっかりミック君、サーシャさん、ライ君、リルちゃん交じってます。キイとグランから休憩時間の延長許可貰っているみたいですし、うちの子達しっかりしてますねぇ。おや、連絡通路が途中で二手に分かれています。

『グランデプラネタリウム』→
←『グランデツーリストアルコ』

うん。ちゃんと案内掲示板もありますしわかりやすいですね。確認しながら掲示板を曲がると、見えてきたのは透明なガラスのドームです。元々アルコへの連絡通路は宇宙空間を再現していましたが、ドームは更に期待感が増す木星のような造りです。

「うわぁ！　キレーなの！」

ライ君リルちゃんが入り口前まで行ってはしゃいでいます。可愛いですねぇ。そんなライ君達の目の前には、入場券売り場と踏み切りゲートがあります。

『ようこそ！　グランデプラネタリウムへ！　総合案内役のリウムと申します。本日は設置キャンペーン期間中にて、無料でご案内をさせて頂いております！　さあ、皆様！　無限に広がる宇宙への旅をお楽しみ下さい！』

入場券売り場には、やはりモニター搭載されていましたねぇ。モニターには宇宙服を着ている女性が映っています。そのリウムの合図で踏み切りゲートが開き、全員でプラネタリウムの入り口を潜ると……

そこは温かな光が足元から照らす円形劇場のような空間でした。天井には星空が既に見えていましたが、劇場と違うのはカプセルタイプの座席になっている事でしょう。

『皆様、足元にお気をつけて、ご自由にお席をお選び下さい』

心落ち着く音楽と共にリウムの声が一定の間隔で流れます。面白いのは1人用のカプセルから、2人用、6人用のカプセルが設置されている事です。

真ん中の円形の舞台には全方位から見られるように、大型モニターが設置されています。どうやらそのモニターでは現在上映予定のコースが紹介されているようですよ。ちょっと見てみましょう。

＊本日の全体上映予定
・『星座物語』
＊個別コースでは以下の探索も出来ます。
注意！　こちらは各カプセル毎の上映となります。
・『星座図鑑』子供向け
・『体感型！　フィン銀河の惑星巡り』
・『音楽の調べと共に歩む銀河創世記』

・『マタニティープログラム　ゆりかご』

成る程。だからカプセルタイプの座席なんですね。おや、子供達は揃って子供向けを選択するようです。うん、ライ君達にはサーシャさんやミック君いますし大丈夫でしょう。

シュバルツ様、ユーリ様、イクサ様、サムさんの親族4人組は『音楽の調べと共に歩む銀河創世記』を選ぶみたいです。あれ座席に備えつけられたパンフレット見たら、結構難しそうだったんですけどね。いわゆる大人版って事でしょう。

ザックさんはガレムさんを連れて『体感型！　フィン銀河の惑星巡り』を見るんですって。パンフレット見た感じゲーム感覚で見られるものらしいですし。ザックさん好きそうです。

残りの僕、レイナさん、ティアさんはそれぞれ1人用カプセルに座り、デノンさんとカーヤ様はカップル席に座って全体上映を見る事になりました。


全員が席について落ち着いた頃、ブーッという開演のブザーが鳴り、個別コースの人達は完全にカプセルの中に入ります。

僕らは案内に従い魔導メガネを掛けて準備は万端。このメガネ掛けていると、どの角度の座席から見てもはっきり綺麗に見えるんですって。要は星が飛び出してくるように見える3Dメガネの精密版ってところでしょうか。あ、全体上映も始まるみたいです。

『宇宙には多くの銀河の中に、更に多くの恒星、惑星が存在しています。その中でも有名なこちらのグリフォン座をご覧下さい。グリフォンが羽ばたきながら走っているように見えませんか？　このグリフォン座には明るく光る恒星が7つある事が特徴です。ちょっと由来を覗いてみましょう』

僕は上映開始から、圧倒的な星空の輝きに包み込まれていきました。心安らぐ音楽と心地良いリウムのアナウンスが、映像を更に魅力的に演出します。

面白い事にグリフォン座の由来には、婚約指輪がもたらした7つの奇跡のストーリーがあるんですって。1つは亡き夫から届いた彼方からの指輪。もう1つは戦地の中、婚約者が込めた思いが防護壁となって生還出来た青年の話。更に1つは親が無くした婚約指輪によって生まれた大地の話など、1つ1つのストーリーには全部グリフォンが関わってくるんです。いやぁ、引き込まれましたよ。

その他にもオーク座、ドラゴン座、一角獣座、精霊座、ケンタウロス座などファンタジー感盛り沢山の星座がいっぱい。一定の周期で恒星が数多く湧き出る事を、ゴブリン現象と呼ぶのは笑いました。

そして様々な星座の位置にも意味があり、フェニックス座が3つの太陽に近づく時に新たな生命が生み出される宇宙の神秘の話も興味深いものがありました。そうやって集中して聞いていたんでしょう。

『皆様ご視聴ありがとうございました。またのご来館をお待ちしております』

いつの間にか終わっていた上映会。リウムのアナウンスでハッと我にかえりましたねぇ。まるで感動巨編映画を見終わった後の高揚感が僕を包み込んでいます。

周りを見ると、同じような症状になっているティアさんとレイナさんの姿があります。デノンさんご夫婦は……うん、完全に2人の世界になっていましたね。

子供達は終わった途端僕の側に来て、1人1人面白かった事を丁寧に説明してくれましたよ。うんうん、いい刺激になったんですねぇ。

そうそう、ザックさんもレイナさん達に次に体験するように勧めてましたね。よっぽど興奮したんでしょう。それはもう熱心に語ってました。僕も次は体感版を見てみましょうかね。

残りのシュバルツ様達4人は、しばらくその場で銀河討論会を開催していました。うーん、僕は入っていけない雰囲気です。誰か帰りますよって声をかけてきて下さい。あ、無理？　うん、待ちますか……

「オーナー、お待たせ致しました」

おや、やっとシュバルツ様達も話を切り上げてきたみたいですねぇ。

また明日来る？　そうですか。是非楽しんで下さい。1週間は無料キャンペーン中だそうですよ。

そうだ！　どうです？　皆さんも神秘の世界を覗きに来ませんか？

勿論お帰りの際には、当ホテルもご利用下さいね。

亜空間ホテル入館者リスト

【亜空間グランデホテル】

オーナー　佐藤俊哉
主人公。のんびり、年寄りくさい。
口調が特徴。

《亜空間ホテルサポートＡＩ》

グラン
ホテル総合管理担当。
亜空間ホテルの要。
ビジュアルイメージはフロントマン。

エア
オーナーサポート担当（タブレット型）。
ビジュアルイメージは執事。

キイ
漫画喫茶店担当。
ビジュアルイメージはエルフ女性。

ビニー
コンビニエンスストア管理担当。
ビジュアルイメージはマッチョなオネエ。

ファイ
会議室＆Ｗｉ・Ｆｉ管理担当。
ビジュアルイメージはメガネのビジネスマン。

ティモ
ビュッフェレストラン担当。
ビジュアルイメージは体格の良い男性コック長。

レン
ターミナルレンタカーショップ担当。
ビジュアルイメージは修理工場作業員。

フィット
ホテル地下フィットネスクラブ担当。
ビジュアルイメージは
女性フィットネストレーナー。

アルコ
世界旅行代理店担当。
ビジュアルイメージは女性ツアーコンダクター。

ニック
ターミナルクリニック担当。
ビジュアルイメージは白衣の男性医師。

ヤク
ターミナル薬局担当。
ビジュアルイメージは男性薬剤師。

《亜空間グランデホテルスタッフ》

サーシャ
総合受付見習い。木陰の宿の四女。
基本穏やか。

ミック
喫茶店スタッフ見習い。木陰の宿の次男。
料理人の父と兄に憧れている。

ライ
歓迎スタッフお手伝い。
木陰の宿の三男。リルと一緒が好き。

リル
歓迎スタッフお手伝い。
木陰の宿の五女。ライと一緒が好き。

ジーク
コンビニエンスストアスタッフ。
元グラレージュ店員。
よくドイルのフォローをしている。

ドイル
コンビニエンスストアスタッフ。
元グラレージュ店員。
真面目で真っ直ぐな性格。

シュバルツ・ボードン
総合管理担当。グランの補佐役。
元宰相のエルフ。『氷のシュバルツ』の異名持ち。

ユーリ・ボードン
会議室担当。商談・外交担当。
シュバルツの娘でイクサの妻。
『微笑みの魔女』の異名持ち。

イクサ・ボードン
ビュッフェレストラン担当。ティモの補佐。
ユーリの夫でサムの父。忍耐強い。

デノン・ボードン
ターミナルレンタカーショップ担当。
レンの補佐。シュバルツの息子。元S級冒険者。

カーヤ・ボードン
フィットネスクラブ担当。フィットの補佐。
デノンの妻でサムの叔母。夫一筋。

《専属護衛》

◆チーム名『クライム』

レイナ
クライムリーダー。女性剣士。
『俊敏のレイナ』の異名持ち。甘いもの好き。

フリード(ティア)
魔法使い(水・雷魔法)。
細マッチョのオネエ。可愛いもの好き。

ザック
斥候。ムードメーカー。ゲーム好き。
うわばみ。

ガレム
盾使い。かなりの酒好き。愛読書『浩史の酒』。

◆チーム名『テラ』

ボルク
テラリーダー。剣士。神速のボルク。車マニア。

グレッグ
魔法使い(火・水魔法)。業火のグレッグ。
ボルクと同郷。色男。

スレイン
斥候。狼獣人。明るい性格。

ジェイク
盾使い。熊獣人。酒好き。
愛読書『厳選! 日本酒名鑑』『浩史の酒』。

◆チーム名『セイロン』

ゼノ
セイロンリーダー。盾使い。
獅子獣人。ティアの舎弟だった。ゲーム好き。

ケニー
魔法使い(雷・光魔法)。女性犬獣人。
オシャレが好き。

ハック
斥候。狐獣人。子供好き。

ヒース
剣士。狼獣人。寡黙な色男。多趣味人。

【木陰の宿】

ゼン
木陰の宿主人。猫獣人。
トシヤの最初の協力者。料理人。研究気質。

カルナ
ゼンの妻。猫獣人。料理補佐。
穏やか。怒ると怖い。

リーヤ
トシヤと同年代。猫獣人。
長男。料理人。料理オタク。

メイ
長女。猫獣人。オシャレ好き。

フラン
次女。猫獣人。寡黙だが芯が強い性格。

エル
三女。猫獣人。看破スキル持ち。
ホテル最初の入館者。

【グラレージュ】

ブルーム(親父さん)
グラレージュ商店会頭。豪快な性格。
面倒見が良い。うわばみ。

ジルバ
店内スタッフ。ミセスジルバと呼ばれ、
親しまれている女性。

【商業ギルドセクト支部】

サム・ボードン
セクト支部ギルド長。シュバルツの孫。
エルフ。楽しい事が好き。

レノ
受付嬢。サムの補佐。エルフ。
慎重で穏やかな性格。

ベック
セクト支部副ギルド長。
気苦労の多い男性。辛抱強い。

ジョン
セクト支部会計担当。涙もろい男性。
頭の回転は速い。

ビル
セクト支部受付・営業管理職。
穏やかで親しみやすい男性。女難有り。

【冒険者ギルドセクト支部】

ブライト
セクト支部ギルド長。酒好き男性。
よく仕事を抜け出す。妻に弱い。

ヤン
セクト支部副ギルド長。苦労人男性。妻一筋。

【ホテル宿泊関係者】

キャシー
ヤンの妻。おっとりした性格。夫一筋。

クレア
ブライトの妻。猫獣人。スタイル抜群。
キャシーとお茶飲み友達。
夫に溺愛されている。

【セクトの街住人達】

ヴァント
セクト名物屋台店主。
元一流レストラン料理人。
トシヤが初めて接触した人物。

ダニエル
『ヴィンテージの宿』主人。
新しいものには目がない。
柔軟な思考の持ち主。

ディーノ
『バッカスの宿』料理長。
ヴァントの元同僚。短気な性格。

ファラ
『白樺の宿』の娘。エルフ。リーヤの彼女。

【領主関係者】

ジウ・ブルックス
セクトの街を含む一帯の領主。
落ち着いた男性。海の生物マニア。

クライス・ブルックス
ジウの妻。領主補佐役。映画にハマる。

キリク・ブルックス
ブルックス家三男。明るい性格。
海の生き物好き。

イリス・ブルックス
ブルックス家長男。しっかり者。弟妹思い。

ミラル・ブルックス
ブルックス家長女。現実思考。穏やか。
亜空間ホテルに就職希望。

バスター
執事長。慎重で動じない性格。
ジウに海の生物好きを植え込んだ張本人。

ロクサ
メイド長。穏やかで優しい。
クライスと共に映画にハマる。

ニーナ
キリク付きメイド。ちょっと頼りない。
キリクに振り回されている。

ガイ
クライスの護衛。酒好き。親しみやすい男性。

マック
クライスの護衛。熱血漢。酒好き男性。

グエル
ジウの護衛。家族思いの男性。

ビクス
ジウの護衛。領主一家に恩がある。
忠義心のある男性。

あとがき

2巻も手にとって頂きありがとうございます。これも皆様のおかげと担当さん、編集部さんのおかげです。

さて、相変わらず登場人物の多い本作。今後の重要人物も登場しました。ボードン一家ですね。ゆーにっとさんが綺麗に描いて下さいました。この六人は今後よく動いてくれますよ。

そして登場、世界旅行代理店！　本作の題名に関わる施設です。あったらいいなという冒険の旅に連れて行ってくれます。

ホテルは相変わらずどんどん設備が増えていきますよ！

こんなホテルあったら泊まりたいが私の原動力です。

皆さんはどんなところに泊まりたいですか？　良かったら教えてくださいね。

最後に２０２４年1月1日　能登地震によって被害を受けた皆様へお見舞いを申し上げます。

亜空間ホテルが現実にあったら！

トシヤだったらすぐ駆けつけて支えるのに！

何度もそんな事を考えてしまいます。

現実は厳しいです。

ですが、少しでも心がこの本で動くのなら……それだけで私は嬉しいです。

物書きの一員として、皆さんにあったかい思いを伝える事、少しでも亜空間ホテルであったかい気持ちを感じてもらうことが今年の目標です。

その為にも頑張りますよー！

そして出来るなら、皆さんにまたお会いできる事を願います。

心より、心より被災地の皆様の回復を、日常が戻る事をお祈りしております。

風と空

才能がないと言われ、
磨き上げた最底辺スキルの
防御技【パリイ】で
無自覚最強は
危機に陥った王国を救えるか!?

もふもふと
むくむくと
異世界漂流生活
EARTH STAR NOVEL
Shimaneko
しまねこ
Illust.
れんた
犬の散歩中で事故にあい、気が付くとRPGっぽい異世界にいた元サラリーマンのケン。リスもどきの創造主に魔獣使いの能力を与えられ、「君が来てくれたおかげでこの世界は救われた」なんていきなり訳のわからない話に戸惑っていたら、「ご主人!ご主人!ご主人!」となぜか飼っていた犬のマックスと猫のニニが巨大になって迫ってきてるし、しかもしゃべってるし、一体どうしてこうなった!?ちょっぴり抜けている創造主や愉快な仲間たちとの異世界スローライフがはじまる!
シリーズ
好評発売中!
1巻
特集ページは
こちら!

みんなと仲良くピクニック！
KEN
ああ、このもふもふでむくむくな
幸せパラダイス空間、
もう最高かよ…！
心ゆくまで
もふもふの海を堪能！

小説投稿サイト
小説家になろう
第6回
アース・スターノベル大賞
Earth Star Novel Awards 6th 2024
©Suzunosuke
※小説家になろうは、株式会社ヒナプロジェクトの登録商標です。
※第6回アース・スターノベル大賞はアース・スターノベル、アース・スタールナと小説家になろうの合同企画です。
詳細はこちらから▶

大賞
賞金200万円
+2巻以上の刊行確約、コミカライズ確約
応募期間
[2024年]
1月9日～5月6日
「小説家になろう」に投稿した作品に「ESN大賞6」を付ければ応募できます!
佳作 50万円 +2巻以上の刊行確約
入選 30万円 +書籍化確約
奨励賞 10万円 +書籍化確約
コミカライズ賞 10万円 +コミカライズ

EARTH STAR NOVEL

特殊ギフト「亜空間ホテル」で異世界をのんびり探索しよう②

発行 ―――――――――― 2024年2月15日　初版第1刷発行

著者 ―――――――――― 風と空

イラストレーター ―――― ゆーにっと

装丁デザイン ―――――― 冨永尚弘（木村デザイン・ラボ）

発行者 ――――――――― 幕内和博

編集 ―――――――――― 結城智史

発行所 ――――――――― 株式会社アース・スター エンターテイメント
〒141-0021　東京都品川区上大崎3-1-1
目黒セントラルスクエア　7F
TEL：03-5561-7630
FAX：03-5561-7632

印刷・製本 ―――――――― 中央精版印刷株式会社

ISBN 978-4-8030-1908-7